KB074450

진짜 가족

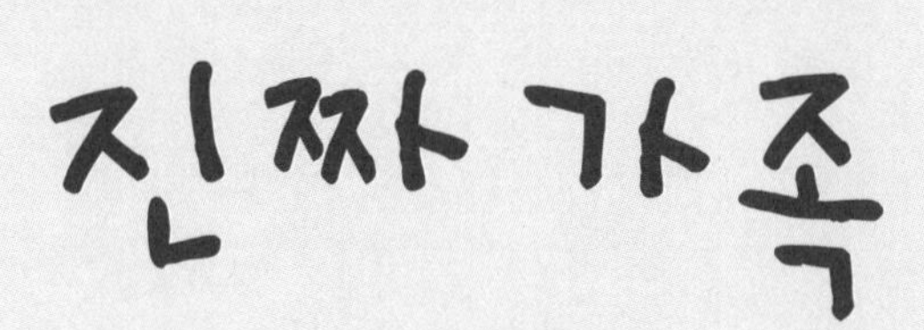

이토 미쿠 지음 | 고향옥 옮김

우리교육

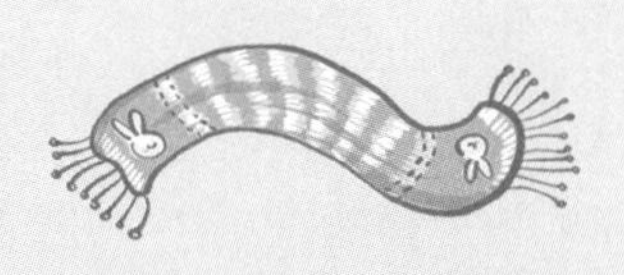

♫♪♪ 차례

평범한 일

히요리

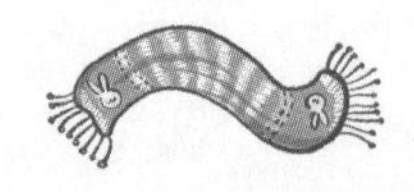

"너, 싫어하는 사람 있냐?"

갑작스러운 질문에 나는 잠자코 옆자리에 앉아 있는 도고를 봤다.

도고는 책상에 두 팔을 올려놓고 손을 깍지 낀 채 지그시 정면을 바라보고 있다.

"무슨 소리야, 뜬금없이."

나는 입속말로 중얼거리고 원장인 가즈 아저씨가 지시한 곳에 형광펜으로 밑줄을 그었다.

"도고 넌?"

"있어."

"그래~."

"누구냐고 안 물어보냐?"

이번에는 도고의 시선을 느꼈지만 나는 앞을 본 채 대꾸했다.

“안 물어볼래.”

“쌀쌀맞긴.”

“그딴 쓸데없는 거 물어봐야 시간 낭비야.”

“헉, 너무하네.”

도고가 과장되게 몸을 젖히자 그 바람에 철제 필통이 타당, 바닥으로 떨어졌다.

“도고, 기말고사 끝났다고 너무 해이해진 거 아니냐. 공부할 생각 없으면 저리 가 있어. 괜히 히요리까지 끌어들이지 말고.”

가즈 아저씨의 엄한 말에 도고는 떨어진 필통을 주우면서 빼꼼 혀를 내밀었다. 앞자리에 앉은 초등학생들이 돌아보고 키득키득 웃는다.

내가 ‘바~보’ 하고 입 모양으로 말하자 도고도 ‘시끄러워’라는 입 모양을 만들었다.

“그럼, 오늘은 여기까지.”

가즈 아저씨가 말하자 초등학생들은 저마다 “야호!”, “집에 가자.”, “가즈 선생님, 안녕히 계세요.” 하고 말하면서 책상 위에 펼쳐진 교과서며 프린트를 순식간에 가방에 집어넣고 교실을 나갔다. 나는 평소처럼 천천히 프린트를 파일에 넣고, 천천히 샤프 연필을 필통에 넣었다. 그 모습을 보고 언젠가 가즈 아저씨가 “히요리 공주의 티타임"이라며 웃은 적이 있다. "그게 무슨 말이에요?"라고 묻자 "느긋하고 우아한 한 때, 뭐 그런 느낌이지." 하고 가즈 아저씨는 의기양양하게 말했었다.

그때는 나도 덩달아 웃었지만 사실은 우아하게 행동하려고 그러는 게 아니다. 단지 시간을 죽이고 있을 뿐이다.

"도고, 저녁밥 어쩔래?"

가즈 아저씨가 수건으로 화이트보드를 닦으며 물었다.

가즈 아저씨는 도고 아버지의 동생이고, 도고는 지금 가즈 아저씨와 둘이 살고 있다.

부잣집 아들인 도고는 전에도 가즈 아저씨 집에서 자고 간 적이 있다. 하지만 그것은 아버지가 출장을 갔다거나 직장 일로 귀가가 늦는 며칠 동안이었다. 그것이 바뀐 것은 중학교에 들어간 후였다. 도고도 '가즈 삼촌 집에서 잤다'가 아니라 '가즈 삼촌 집에서 지낸다'라고 말한다.

이유는 모른다. 도고는 그 일에 대해 말하지 않았고 나도 굳이 캐물을 생각이 없다.

궁금하지 않은 건 아니다. 하지만 상대를 깊이 파고들려면 자신도 상대에게 속내를 드러낼 각오가 돼 있어야 한다고 생각했다.

그래서 난 절대 파고들지 않았고, 마음을 드러내지 않았다.

"저녁밥이라……." 도고는 책상 위에 걸터앉아 "그렇지."라며 손으로 턱을 문지르듯 했다.

"어제 먹다 남은 카레로 카레 우동이나 만들까나."

"오, 좋아. 히요리도 먹고 갈래?"

가즈 아저씨의 말에 하마터면 "네!"라고 대답할 뻔했지만 황급히 고개를 저었다.

"에이, 먹고 가면 좋잖아. 내가 만드는 카레 우동, 얼마나 맛있는데."

"아, 그러셔."

"아까 네 배 속에서 꼬르륵거리는 소리 다 들었거든."

"뭐?"

도고가 흥 하고 코웃음을 치고는, "먹고 가는 거지?" 하고 일어섰다.

"야, 좀!"

"먹고 가. 도고 요리 솜씨 늘었다. 아이코한테는 내가 전화하마."

그렇게 말하고 웃는 가즈 아저씨의 눈가에 주름이 졌다.

아이코는 나의 엄마다. 엄마 아이코와 아빠 신야, 그리고 가즈 아저씨(본명은 이치하라 가즈키), 이 세 사람은 대학 친구다. 그 인연도 있어서 나는 가즈 아저씨가 운영하는 '이치하라 주쿠 학원'(모두 '이치지쿠'*라고 부른다)에 초등학교 4학년 때부터 일주일에 세 번, 버스를 타고 다니고 있다.

도고도 여기서 알게 됐다. 같은 중 1이지만 학교는 다르다. 초등학교도 달랐다.

"근데 엄마가……."

"뭐야, 아이코도 집에서는 호랑이 엄마야?"

"그런 건 아니고요."

말끝을 흐리는 나를 보고 가즈 아저씨는 손뼉을 쳤다.

"좋아, 그럼 그 녀석을 부를까. 아빠한테 퇴근하는 길에 들르라고 하마. 내일 휴일이니까, 송년회 하자고 말이지. 오랜만에 그 녀석하고 한잔하고 싶기도 하고. 엄마도 네가 아빠랑 함께 있으면 늦어도 걱정 안 할 거고."

가즈 아저씨는 혼자서 줄줄이 읊어 대고는 "좋아, 전화해 봐야겠다." 하고 내 대답도 듣지 않고 교실을 나갔다.

아날로그 인간인 가즈 아저씨는 스마트폰은 물론이고 2G폰도 없다. 전화는 교실과 집을 잇는 복도 겸 사무실로 쓰는 2평 남짓한 공간에 놓인 집 전화뿐이다.

나는 혼자 남은 교실에서 얕게 숨을 내뱉고는 이내 그런 자신에게 혀를 찼다.

집에 아직 가지 않아도 된다는 사실에 마음 편해지는 자신이 비

*'이치하라 주쿠'와 발음이 비슷하고 무화과란 뜻을 가진 날말. – 옮긴이.

참해서 견딜 수가 없었다.

“여러분이 가장 안심할 수 있고, 몸도 마음도 쉴 수 있는 곳이 집이에요.”

무슨 수업이었는지는 잊었지만 초등학교 때 선생님이 그렇게 말했던 기억이 난다. 어떤 맥락에서 그 말이 나왔는지, 이야기의 핵심이 무엇이었는지는 기억나지 않지만 그 말만큼은 지금도 정확히 귀에 들러붙어 있다.

나에게 ‘집’이란 언제나 긴장되는 곳이며, 가장 정신을 바짝 차리고 지내야 하는 곳이다.

입술을 꽉 깨물고, 눈을 감고 코로 숨을 들이마신다. 희미하게 퀴퀴하고 해묵은 책 냄새가 난다.

이치지쿠 냄새.

“자, 그럼.”

소리 내어 말하고는 가즈 아저씨가 지우다 만 화이트보드를 수건으로 지우기 시작했다.

“히요리~.”

건넌방에서 부르는 도고의 목소리에 “지금 가~.”라고 대답하고 화이트보드를 문질렀다.

"다 지웠다."

나는 가방을 들고 전깃불을 껐다.

"오래 기다렸지."

도고가 김이 오르는 커다란 냄비를 들고 오자 가즈 아저씨는 재빨리 바닥에 쌓인 신문지를 상 한가운데 놓았다. 도고가 그 위에 냄비를 올려놓는다.

"맛있겠는걸."

가즈 아저씨가 소매를 걷어 올리고 얼른 먹고 싶어 하는 모습에 나는 그만 쿡쿡 웃었다.

"가즈 삼촌, 그러지 좀 마. 어린애도 안 그런다고."

도고가 턱에 힘을 꽉 주며 냄비 끝에 국자를 세워놓았다. 냄비 안에는 쫄깃하고 굵은 면발이 걸쭉한 카레 국물에 푹 잠겨 있다.

"자."

도고가 젓가락과 사발을 내 앞에 놓았다.

"각자 떠먹어?"

"응, 셀프서비스. 그래야 뜨거울 때 먹을 수 있지."

"나 뜨거운 거 못 먹는데."

"후후 불어 먹어."

내 말에 도고가 천연덕스럽게 대꾸했다.

내가 도고와 아옹다옹하는 사이에 가즈 아저씨는 "잘 먹겠습니다!" 하고 냄비에 젓가락을 넣었다. 카레 국물이 상 위에 튀었다.

"히요리, 너도 얼른 먹어."

그렇게 말하고 도고도 냄비에 젓가락을 넣었다. 나도 그 둘을 따라서 사발에 우동을 덜고 카레 국물을 한 국자 떠 넣었다. 사발에서 후욱 김이 올랐다.

후우후우, 쯔루룹.

"아, 맛있다."

"그치!"

도고가 만족스러운 듯이 고개를 끄덕이며 그제야 한 입 먹는데, 가즈 아저씨는 벌써 사발에 또 우동을 덜고 있다.

어쩜, 재미있을지도 모르겠다.

나는 사발 속 우동을 허겁지겁 입에 넣었다가 입천장을 데고 말았다.

냄비 바닥이 보이기 시작하자 가즈 아저씨는 후우 숨을 내쉬고 벽시계를 보았다.

"신야가 올 시간이 됐는데."

"아, 아빠가 벌써 와요?"

아직 9시도 안 됐다. 언제나 11시쯤에야 들어오고, 12시를 넘길 때도 부지기수다.

“아까, 이제 회사에서 나올 수 있다고 했거든.”

그렇구나…….

우동에 덴 입천장이 알알하다. 불룩 부풀어 오른 물집을 혀로 문지르면서 사발에 시선을 떨어뜨렸다.

“가즈 아저씨, 엄마가 뭐래요?”

되도록 자연스럽게 물었다.

“응, 아이코? 뭐, 별말 없었어. 잘 부탁한다고.”

“그게 다예요?”

“아, 아니 뒤에서 고코가 난리 치는 바람에 몇 마디 못 했다.”

씁쓸히 웃는 가즈 아저씨에게 살짝 웃어 보였다.

웃으면서 얼굴이 굳어지는 게 느껴져 허둥지둥 사발을 입으로 가져갔다.

딩동, 딩동.

현관 벨이 울렸다.

“아, 왔다 왔어.”

가즈 아저씨가 일어나서 부리나케 현관으로 향했다.

복도에서 “잘 있었어.”, “왜 이리 늦었냐.”, “늦긴 뭘.”이라는 떠들썩한 말소리와 웃음소리가 들려온다. 목소리만 나직할 뿐 같은 반 남자애들과 별반 다르지 않았다.

가즈 아저씨와 있을 때의 아빠는 평소의 아빠보다 젊고 기운 차 보인다.

"히요리, 눈빛이 너무 무서워."

탁, 머리를 얻어맞고 얼굴을 들자 코앞에 도고의 얼굴이 있다.

"원래 이렇거든."

내가 홱 째려보자 도고는 "완전 무서."라고 호들갑 떨면서 웃었다.

"실례합니다. 냄새 좋은데, 카레?"

가즈 아저씨를 따라 방으로 들어온 아빠는 웃는 얼굴로 나를 보았다. 난 못 본 척, 조금 전까지 냄비 받침으로 썼던 신문지를 앞으로 끌어당겨 눈길을 떨어뜨렸다. 도고는 그런 나를 흘끗 보고 아빠에게로 시선을 돌렸다.

"카레 우동인데, 드실래요? 카레 남겨뒀으니까 금방 돼요."

"도고가 해 주는 거냐?"

"제가 이 집 요리사거든요."

"그럼 그럼. 도고가 하는 요리는 나보다 훨씬 맛있고, 메뉴도 다양해."

"대단하네. 그럼 좀 해 주겠니?"

"알겠슴다!"

도고가 부엌으로 가자 아빠는 오른손에 든 비닐봉지를 가즈 아저씨에게 건넸다.

"참, 이거. 다코야키."

"오오, 좋아~. 거기 적당히 앉아."

가즈 아저씨는 다코야키를 상 위에 올려놓고, "맥주면 되지?"라고 묻고는 냉장고 문을 열었다.

"히요리."

아빠가 부르는 소리에 쓱 고개를 들었다.

"너도 먹었어? 카레우동."

"먹었어. 맛있었어."

내가 생긋 웃자 아빠는 마음이 놓이는지 "그래." 하고 고개를 끄덕이고는 환하게 웃었다.

"지붕 안 무너진다. 거기 앉으래도."

"아, 응."

캔 맥주를 상 위에 탁 소리 나게 놓고 다시금 부엌으로 가는 가즈 아저씨의 등을 아빠는 눈으로 한 번 좇았다. 그리고 "그럼." 하고 내 왼편에 앉더니 코트를 둘둘 말아 가방과 함께 뒤에 놓았다. 나는 다시 신문지로 눈길을 돌렸다.

"히요리."

"응?"

얼굴을 들지 않고 대답했다.

"뭐 재미있는 기사라도 있어?"

"딱히. 왜?"

"아, 그냥. 도고 참 대단하다. 히요리 넌 요리 해 본 적 없지?"

묘하게 목소리가 밝다. 아빠 속이 빤히 들여다보였다. 나는 엷게 웃으며 얼굴을 들었다.

"있어. 근데 글렀대."

"뭐? 아, 아아."

이번에는 아빠가 내 시선을 피했다.

그럼 그렇지, 라고 생각한다. 아빠는 언제나 이렇다. 뻔히 알면서도 모르는 척한다. 모르는 척 슬그머니 안전한 곳으로 피해 버린다.

아빠는 비겁하다.

"아저씨, 다 됐어요."

도고의 말에 아빠가 후우 숨을 내쉬는 기척이 느껴진다.

"이야, 먹음직스러운걸."

"뜨거워요."

"그래, 고맙다. 그럼, 잘 먹을게."

드세요, 라는 듯 도고가 고개를 까딱했다.

엄마는 나를 싫어한다.

그걸 알게 된 건 초등학교 2학년 때다.

여동생 고코가 태어났을 때 확실히 알게 됐다.

엄마는 여간해서 웃지 않는 사람이었다.

어린이집에 나를 데리러 올 때도 다른 엄마들은 웃는 낯빛이었지만 엄마는 우울해 보였고, 지친 얼굴이었다. 다른 엄마들을 보며 부러웠던 적은 있지만 엄마는 원래 그런 사람이라고 생각했다.

아빠가 어린이집에 데리러 왔을 때 "엄마는 왜 안 웃어?"라고 물어본 적이 있다. 그때 아빠는 난처한 얼굴로 하늘을 올려다보며 말했다.

"웃는 게 서툴러서 그럴 거야. 못 하는 걸 억지로 시키면 엄마가 불쌍하잖아."

그 무렵 나는 젓가락질이 서툴러서 밥 먹을 때마다 엄마에게 주의를 들었다. 그때 엄마는 마지막에 꼭 "참 못 봐 주겠네."라고 말하고 자리를 떴다.

잘하지 못하는 것 때문에 야단맞으면 무척 슬프다. 그래서 어린 나는 "맞아." 하고 아빠에게 맞장구쳤었다.

엄마가 다정하게 손을 잡아 주거나 안아 준 기억도 없다. 어린이집에서 돌아오는 길에도, 마트에 가도 나는 엄마를 잃어버리지 않도록 언제나 필사적으로 따라다녔다. 하지만 걸음 빠른 엄마를 눈에서 놓치기 일쑤였다. 나는 슈퍼에서 미아가 된 적이 두 번 있다. 미아센터에서 엄마를 기다리는 동안 나는 펑펑 울었다.

미아가 된 것은 무섭지 않았다. 엄마가 데리러 오지 않을까 봐, 그것이 너무나 무서워서 눈물을 쏟았던 것이다.

하지만 엄마는 두 번 모두 데리러 왔다. 담당자에게 "죄송합니다."라고 말하면서 몇 번이나 꾸벅꾸벅 인사하고 내 손을 꽉 잡았다. 잡힌 손이 아팠다. 아팠지만 마음이 놓였다. 이제 엄마가 나를 두고 가거나, 내가 엄마를 잃어버릴 일이 없다고 생각했기 때문이다.

동생 고코는 내가 2학년 되던 해 5월에 태어났다. 고코가 태어난 다음 날, 아빠와 병원에 가자 엄마는 침대에서 자그마한 아기를 안고 한 번도 본 적이 없는 얼굴로 품속에 있는 아기를 바라보며 미소 짓고 있었다.

엄마, 참 예쁘다.

엄마가 웃는 얼굴은 무척이나 다정해 보였고 예뻤다. 근처에 있는 조그만 성당의 성모 마리아상 같아 보여서 가슴이 설렜다.

아빠가 "아이코." 하고 엄마를 부르고는 내 손을 잡고 침대 옆으로 갔다.

"아이고 귀여워라."

아빠가 싱글벙글하자 엄마도 쿡쿡 웃었다.

행복해서 배 속이 근질근질했다.

"히요리, 너도 이리 와, 동생이야."

아빠가 내 손을 잡아끌었다.

엄마에게 안겨 있는 아기는 피부가 조금 빨갛고, 얼굴이 쭈글쭈글하고, 눈동자가 게슴츠레했다. 생각했던 것과 조금 달랐다. 어린이집에 다닐 때도 한 살짜리 아기가 있었는데, 그 아기는 포동포동하고, 피부도 매끈매끈하고 귀여웠다.

그래도 동생이라 생각하자 반가워서 아기의 볼을 만져 보려고 손을 뻗었다. 그때 엄마가 몸을 홱 젖혔다.

"안 돼! 병균 옮잖아."

엄마의 말에, 태도에, 나를 보는 시선에, 나는 내민 손을 허공에 든 채 그대로 얼어붙고 말았다.

"아, 미안미안. 손 먼저 씻고 오자. 히요리 들어 봐, 아기는 작고 약해서 밖에서 들어올 때는 손을 잘 씻고 나서 만져야 해. 감기라도 걸리면 큰일이잖아."

아빠는 설명하는 데 평소보다 말을 많이 했다.

"알았지?"

아빠의 말에 고개를 한 번 끄덕했다. 다른 때처럼 "응."이라고 대답하지 않았던 것은 말을 할 수 없었기 때문이다. 말을 하면, 목소리를 내면, 울음이 터져 버릴 것 같았으니까.

그때 엄마는 아빠 말처럼 아기가 감기에 걸릴까 봐 그랬는지, 아니면 내가 만지는 것을 거부했는지, 그건 알 수 없다.

손을 씻고, 소독까지 했지만 나는 그날 더는 동생 몸을 만지고 싶지 않았다.

호로록호로록 우동을 먹는 아빠를 보며 나는 입술을 깨물었다.

처음에는 학원 이야기며 회사 이야기를 했지만 맥주를 두 캔쯤 비우자 화제는 학창 시절로 옮겨갔다. 둘의 대학 시절 이야기 따위 관심 없었는데 듣다 보니 나름 재미있었다.

가즈 아저씨는 대학 1학년 때 처음 살았던 다세대 주택이 얼마나 낡아 빠졌던지 태풍에 지붕이 날아갔다느니, 현관문을 돌리면 손잡이가 통째로 빠져 버렸다느니, 벽장에 뚫린 조그만 구멍으로 옆집이 훤히 보였다는 따위의 믿기지 않는 이야기를 늘어놓았다.

그런가 하면 아빠는 또 아빠대로 욕실 없는 다세대 주택에 살았는데, 대중목욕탕 갈 돈이 없어서 부엌 개수대에서 몸을 씻었다느니, 아르바이트하던 술집에서 나오는 공짜 식사로 근근이 끼니를 때웠다느니 하며 자랑스레 떠벌렸다. 대학 시절 이야기라기보다 단지 가난 자랑일 뿐이라는 생각에 저절로 쓴웃음이 나왔다.

그러다 둘의 화제는 친구가 된 계기로 옮아갔고, 자연스레 엄마 이름도 나왔다. 둘이 자주 다니던 카페에서 알바했던 엄마는 인기가 많았던 모양이었다. 가즈 아저씨가 "먼저 말을 튼 건 나야."라고 말하자 "순서가 뭐가 중요해."라고 아빠가 되받았다.

나를 의식했는지 아니면 정말로 그런 일뿐이었는지 엄마에 대해서는, 차도 한복판에서 차에 치여 경련하는 고양이를 안고 동물병원으로 뛰어갔다느니, 집안 형편이 어려운 아이들에게 공부를 가르치는 자원봉사를 했다느니, 바비큐 할 때면 언제나 설거지만 했다느니……, 정말이지 훈훈한 이야기뿐이었다.

숨 막혀…….

나는 조용히 숨을 깊이 들이마시고 일어났다.

"편의점 좀 갔다 올게."

"어?"

아빠가 왼쪽 손목을 보았다.

"벌써 열 시 반인데."

"괜찮아, 아이스크림만 사 올 거야."

"그럼, 아빠도."

아빠가 유리잔을 상 위에 내려놓자 도고가 일어났다.

"나도 갈게. 내일 먹을 빵 사는 걸 깜빡했어."

도고는 그렇게 말하고, "가자." 하고 방을 나갔다.

"그래, 갔다 와라! 조심해서 다녀와!"

가즈 아저씨가 불콰한 얼굴로 나에게 5천 엔짜리 지폐를 건넸다.

밖으로 나오자 도고는 벌써 걸어가고 있었다.

"기다려, 이거, 가즈 아저씨가."

5천 엔을 내밀자 도고는 "응." 하고 받아들고 피식 웃었다.

"가즈 삼촌, 기분 좋은가 보네."

"응, 많이 취했으니까."

"뭐, 가끔은 저래도 괜찮잖냐?"

"그렇지. 저게 어른의 특권인가?"

"그렇겠지. 잘은 모르지만."

그렇게 말하고 도고는 나를 보았다.

"……어린애의 특권도 있을까나."

"그러게."

편의점에서 아이스크림을 사서 밖으로 나왔다.

나는 하늘을 올려다보고 맘껏 공기를 들이마셨다. 천천히 숨을 내뱉자 어둠 속에 하얀 김이 두둥실 퍼져나간다.

역시 예뻐, 라고 생각한다.

추운 건 싫지만 겨울밤에 내뱉는 하얀 입김은 좋아한다. 조용히 퍼져가는 하얀 것을 보고 있으면 내면의 찐득한 것이 정화되어 흘러가는 것 같다.

한 번 더, 하아 하고 숨을 뱉어 본다.

"뭐 하냐, 가자."

도고는 들고 있는 비닐봉지로 내 다리를 툭 치고 걷기 시작했다.

"야~, 아이스크림."

앞서 가는 도고의 등에 대고 말했다.

"지금 먹게?"

도고는 걸어가면서 얼굴만 돌렸다.

"응, 지금 먹을래."

도고는 어깨를 으쓱 올리고, 비닐봉지에서 막대 달린 초코민트 아이스바를 꺼냈다.

"자."

"고마워."

찌익 포장 비닐을 찢어 초콜릿으로 코팅된 딱딱한 아이스바를 덥석 물었다.

"윽, 단단해. 이 부러지겠네."

"것보다, 이 추위에 어떻게 아이스크림 먹을 생각을 하냐."

"뭔 상관."

"상관없지만 보기만 해도 춥거든."

그렇게 말하고 도고는 몸을 움츠렸다.

큰길에서 공원을 가로질러 주택가로 들어간다. 좁은 일방통행 도로에는 드문드문 가로등이 오렌지색 불빛을 밝히고 서 있다. 가로등 아래로 가자 둘의 그림자가 차도 쪽으로 쭈욱 뻗었다.

옛날, 아주 어릴 때 그림자를 보고 울었던 일이 떠올랐다. 커지는가 하면 불쑥 나타나기도 하는 그림자가 얼마나 무섭던지 나는 "무서워."라면서 몸을 바르르 떨었다. 그때 아빠가 손을 잡아 주었다.

그때의 아빠 손은 크고 강했다. 아빠에게 온전히 보호받고 있는 것 같아서 무척이나 안심이 됐다.

"괜히 말야."

갑자기 도고의 갈라진 목소리가 날아와 침을 꼴깍 삼켰다.

"괜히 억지로 먹을 거 없어."

도고가 왜 그런 말을 하는지 영문을 알 수 없었다. 내가 어리둥절해하자 도고의 걸음걸이가 느릿해졌다.

"밖에 나오고 싶었을 뿐이잖아."

나도 모르게 발걸음을 멈췄다. 도고도 알아차리고 걸음을 멈추고 돌아보았다.

"딱히 그런 건."

"알아. 것보다, 히요리 넌 너무 티가 나."

"……."

그렇다, 나는 아빠와 가즈 아저씨의 이야기를 계속 듣고 있을 수 없었다. 엄마가 다정다감한 사람이라는 이야기를 듣고 있으면 나도 모르게 '왜?'라는 의문이 솟구친다. 친구에게, 하물며 생판 남에게까지도 마음을 써 주고 다정하게 대하면서 나한텐 왜……. 그런 생각이 밀려온다. 그게 고통스럽다.

"춥긴 춥다."

손에 든 잇자국 난 아이스바를 포장 비닐 속에 도로 넣었다.

도고가 주머니에서 뜨거운 레몬 음료가 든 페트병을 꺼내 "자." 하고 던져 줬다.

"앗."

떨어뜨릴 뻔했지만 간신히 왼손으로 잡았다.

"나이스 캐치!"

도고는 웃으며 주머니에서 똑같은 걸 하나 더 꺼내 두 손바닥으로 굴리면서 어깨를 움츠렸다.

도고는 알고 있었던 거다.

내가 아이스크림이 먹고 싶어서 밖에 나온 게 아니란 걸 알면서도 모른 척하고 따라 나온 거다.

그래서 나도 그걸 모른 척한다. 알고 있으면서, 눈치챘으면서, 모른 척해 주면서 옆에 있다. 나와 도고는 언제나 그런 식이다.

초등학교 4학년 때 이치지쿠에 다니기 시작하면서 도고를 만났다. 까불이인 도고는 수업 시간에도 늘 가즈 아저씨에게 야단맞았지만 그걸 또 웃음으로 뒤집어 버리는 남자애였다. 학원에 다니는 고학년이나 중학생에게도 인기가 많았다. 하지만 나는 썩 좋아하지 않았다.

수완 좋고, 무작정 밝고 씩씩한 사람을 보고 있으면 피곤하다. 나와는 너무도 다른 분위기가 불편한 것이다.

도고가 그런 타입이라고 생각했다.

이치지쿠에 다닌 지 3개월쯤 지났을 때, 평소처럼 좀 이르다 싶게 교실에 들어가자 안에 누가 있었다. 아무도 없는 줄 알았던 나는 놀라서 "앗." 하고 소리쳤다. 도고였다.

"벌써 시간 됐냐?"

"어, 아아니, 내가 좀 일찍 왔어."

도고는 책상에 엎드린 채 입구에 그대로 서 있는 나를 보고 말했다.

"흐응. 안 들어와?"

"들어가도 돼?"

"왜, 안 돼?"

도고는 얼굴을 들고 턱을 괴었다.

"여기, 마음이 편해."

"어."

도고가 피식 웃었다.

나는 끝자리에 앉아 가방에서 책을 꺼내 펼쳐놓았고, 도고는 창밖을 바라보았다.

그 후로 이따금 수업 시작 전에 교실에서 마주치면 이런저런 이야기를 나누곤 했다.

다른 아이들이 있을 때는 에너지 넘치는 여전한 까불이. 하지만 어쩌면 그것은 도고의 전투복인지도 모른다.

나는 뜨거운 레몬 음료를 볼에 갖다 대고는 옆에서 나란히 걷고 있는 도고를 보았다.

어깨 위치가 높았다. 얼마 전까지만 해도 비슷했는데.

나는 등줄기를 쭈욱 폈다.

"아까 물어본 거, 대답할게."

응? 하고 도고가 얼굴을 돌리는 기척을 느꼈지만 앞만 보고 똑바로 걸었다.

"내가 물었어? 뭐였더라."

"이치지쿠에서 말했던 거, 싫어하는 사람 있냐……고."

"아, 응."

얼굴을 돌리지 않은 채 눈으로만 도고를 봤다.

"싫어하는 사람은 없는 거 같아. 좀 마음에 들지 않거나, 안 맞거나, 이해가 안 되는 애는 있지만 그건 싫어하는 거랑은 달라."

"그런가."

"응."

도고 넌? 누굴 싫어하는데?

물어보는 게 좋겠지, 생각했지만 묻지 않았다.

"너다운 대답인 거 같다. 담백하다고 해야 할까."

"그 정도로 친하게 지내는 애가 없을 뿐이야."

흐응 하면서 도고가 얼굴을 돌렸다.

"근데, 싫어하는 사람이 없단 건, 아주 행복한 거야. 누군가를 싫어한다는 거, 그거 생각보다 힘들거든."

"……그래도 미움받는 것보단 나아, 그건 확실해."

"히요리?"

인도를 비추는 가로등이 깜빡거렸다.

"힘들어, 미움받는다는 건."

깜빡, 까까까깜, 깜빡.

다시금 오렌지색 불빛이 희미하게 켜졌다.

올려다보니 가로등 커버 안에 작은 먼지 같은 것이며 어지러이 움직이는 것이 있다. 벌레다. 스스로 불빛에 이끌려 들어가 나올 수 없게 된 것이다. 좁은 공간에서 밖으로 나가려고 날개를 떨며 커버에 탁, 탁 부딪치고 있다. 그 아래에 그림자처럼 보이는 것은 아마 벌레의 사체일 것이다.

도고는 반 발짝 앞서 걸어가는 내 팔을 잡았다. 나는 돌아보며 하아 숨을 내뱉는다. 하얀 숨이 새어 나온다.

"왜?"

"어, 아, 응……. 있잖아."

"왜냐고?"

내가 똑바로 바라보자 도고가 머뭇거렸다.

무슨 말을 하려고 했는지 도고 자신도 잊은 듯한 얼굴이다.

"그게, 네가 이상한 말을 해서."

나는 고개를 살짝 갸웃했다.

"무슨 소리야."

"그러게, 네가 미움받고 있다는 것처럼 말했잖아. 아니 뭐, 살다 보면 귀염도 받고 미움도 받잖아, 보통은."

"……그렇지."

나는 슬그머니 도고에게 잡힌 팔을 빼고 미소 지었다.

"그런 거야. 도고 네가 누군가를 싫어하는 것도 흔한 일이야."

"……."

"가자."

그렇게 말하고 걸어가는 내 등 뒤에서 도고는 작게 숨을 내쉬었다.

"아야아야아야, 엄마 바보, 미워!"

또야.

나는 거실에서 들려오는 고코의 울부짖는 소리에 얼굴을 찡그렸다.

"미안해, 그래도 꽉꽉 땋지 않으면 유치원에서 풀려 버려서 곤란하잖아."

엄마의 달달한 목소리가 이어졌다.

동생 고코가 머리를 기르기 시작한 뒤로 매일 아침 되풀이되는 광경이다. 머리를 기르겠다고 한 것은 고코 자신인데도 그 머리를 손질할 때마다 고코는 성질을 부린다.

하지만 엄마는 "그럼 잘라 버려!"라고 하지는 않는다. 고코가 아무리 난리를 피워도, 떼를 써도, 못된 말을 해도 싱글벙글 웃으며, 미안 미안해, 하고 살짝 곱슬거리는 고양이 털 같은 머리를 고코가 요구하는 대로 예쁘게 땋아 주고, 마무리로 상자에 가득한 곱창밴드며 머리띠며 비즈 달린 반짝거리는 머리끈 중에서 그날의 옷에 어울리는 것으로 골라 꾸며 준다.

완성된 머리 모양을 보고 만족스럽게 웃는 고코를 보며, 엄마 얼굴에 다시금 웃음이 피어오른다.

"프린세스 같네. 아빠한테도 보여 주렴."

고코는 큰 소리로 "아빠~." 하고 부르며 부엌으로 달려가 토스트를 먹고 있는 아빠에게 "봐."라고 코를 벌름거리며 의기양양하게 제 머리를 만지작거린다.

"공주님 같은걸."

"공주님 아냐, 프린세스야."

고코가 입술을 삐죽인다.

"아 맞다! 프린세스지 프린세스."

아빠가 미안미안 하고 사과하며 웃으면 고코는 다시금 기분이 좋아져 거실로 돌아간다.

매일 같이 보는 광경이다.

고코는 지금 디즈니 프린세스에 푹 빠져 있다. 머리를 기르고, 가방이며 신발, 옷, 손수건까지 모조리 프린세스 캐릭터가 박혀 있다.

캐릭터 프린트가 들어간 옷은 엄마가 가장 싫어하는 패션이었다. 옛날에 유행했던 텔레비전 애니메이션 〈초능력 소녀 소피〉의 프린트 티셔츠를 사 달라고 한 적이 있다. 그때 엄마는 내가 집어 든 티셔츠를 보자마자 눈을 부릅뜨고 말했다.

"엄만 그런 거 싫어해."

엄마의 얼굴을 본 나는 들고 있던 티셔츠를 황급히 다시 내려놓았다. 손에 들고 있는 것이 절대로 만져서는 안 되는 것 같아서 무서웠다.

잊은 걸까. 프린세스 캐릭터가 프린트된 운동복과 후드티를 발견하면 엄마는 기뻐하며 그것을 고코에게 사 준다.

나는 머리를 빗었다. 그러고는 거울 속 자신을 가만히 노려보고 나서 깔끔하고 예쁘게 정돈된 머리를 좌우로 마구 흐트러뜨렸다.

내가 이런 짓을 해도 엄마는 눈치채지 못할 것이다. 설령 눈치챘다 하더라도 가슴을 콕콕 찌르는 말만 쏟아낼 것이다. 고코에게 하듯 엄마가 다정하게 머리를 빗겨 주고, 웃어 주는 일 따위 없을 거다.

알고 있다. 그건 오래전부터 알고 있다. 그런데 뭘 기대하는 걸까.

작게 숨을 내쉬고 흐트러진 머리칼을 손으로 매만졌다.

교복을 꺼내다 옷장 안에 걸린 옷들을 보았다. 크림색 양모 터틀넥과 연분홍 후드티, 데님 스커트가 몇 벌이나 걸려 있다.

전부 엄마가 사 준 옷이다.

활동하기 좋고 입으면 편하다. 촌스럽지도 않다. 하지만 엄마가 나에게 사 주는 옷은 누구에게나 어울리도록 만들어진 옷이다.

아마, 틀림없이 엄마는 내 옷을 살 때 나를 떠올리는 일 따위 없을 거다. 내가 좋아하는 얼굴을 보고 싶은 마음은 털끝만큼도 없을 거다.

부엌으로 내려가자 고코가 우유를 튀기면서 시리얼을 먹고 있다. 엄마는 그 모습을 보면서 홍차를 마시고 있다.

"얼른 먹어."

엄마의 날카로운 목소리가 날았다.

그러나 고코는 얼굴을 들지 않는다. 확인해 볼 것까지도 없이 그 말이 자기에게 던져진 것이 아님을 고코는 알고 있는 거다. 그것은 나도 마찬가지다. 고코와 다른 점이라면, 그 목소리가 자신에게 향한다는 것을 알고 있다는 것.

"응."

내가 대답하고 고코 앞에 앉자 엄마는 자리에서 일어났다.

"잘 먹겠습니다."

시리얼에 우유를 붓고는 입에 넣었다. 서걱서걱 시리얼이 소리를 낸다.

"히요리."

"왜, 엄마?"

엄마는 잠깐 나와 눈을 맞추고는 스윽 시선을 피했다.

"이거, 오늘 학원 갈 때 가져가."

식탁 위에 하얀 케이크 상자가 놓여 있다.

"애플파이?"

"며칠 전 일, 감사하다고 전해."

며칠 전 일이란 지난주 금요일에 카레우동을 대접받은 거다.

그날, 결국 어른 둘은 12시 가까이 되도록 술을 마셨다. 나는 취한 아빠와 함께 택시를 타고 집에 왔다. 집에 와서도 여전히 기분 좋았던 아빠는 즐겁게 웃고, 이야기하고, 콧노래까지 부르고, 쾌활

한 목소리로 "히요리."라고 부르며 "착해, 히요리는 착해."라고 되풀이했다.

그 말이 혹여 엄마의 기분을 언짢게 하지나 않을까 불안해서 조그맣게 "아빠, 조용히 해."라고 말렸지만, 아빠는 점점 큰 소리로 되풀이해서 말하더니 끝내는 방바닥에 털썩 주저앉아 머리를 수그린 채 웃음을 터뜨렸다.

"지금 뭐 하는 거야. 옆집에 민폐잖아."

그렇게 타박하고 아빠의 얼굴을 들여다보던 엄마의 움직임이 멈췄다.

끄끄끅, 끄윽끄윽.

아빠는 여전히 웃고 있다.

"아빠, 그만 좀 해."

아빠의 손을 잡아끌었을 때야 나는 알았다.

웃고 있는 게 아니었다, 울고 있었다. 아빠는 울고 있었다. 소리를 죽이고.

나는 무슨 일이 벌어졌구나 싶어 엄마를 봤다. 겁이 났다. 엄마는 말없이 일어나더니 침실에서 담요를 가져와 아빠 등에 덮어 주고, 멍청히 서 있는 나에게 "어서 가서 자."라고 한마디 하고는 전등 불빛을 약하게 줄였다.

나는 세수도 하지 않고, 이도 닦지 않은 채 2층 내 방으로 뛰어 올라가 침대 속으로 파고들었다.

이튿날인 토요일 아침에는 고코의 울음소리에 잠이 깼다. 시계를 보니 9시가 넘었다. 고코가 왜 울었는지는 모르지만 분명 대단한 이유는 아니었을 거다. 고코는 조금만 제 뜻대로 되지 않으면 울고 소리치며 떼를 쓴다. 그렇게 하면 원하는 것을 얻을 수 있다는 것을 아는 거다.

내가 1층으로 내려갔을 때, 고코는 이미 만족스럽게 웃으며 소파에서 DVD를 보고 있었다.

아빠를 찾다가 탈의실에서 수건을 목에 걸치고 나오는 모습을 발견했다. 머리는 젖었고, 비누 냄새가 났다.

"잘 잤니?"

웃는 얼굴로 거실에 들어온 아빠는 마치 어제 일은 아무것도 기억하지 못한다는 표정이었다. 그것은 엄마도 매한가지였다.

그것은 꿈이었단 말인가.

그렇지 않다. 어제 아빠는 분명히 울고 있었다. 아빠의 손을 잡아당겼을 때 손등이 젖어 있었다.

결국, 아빠도 엄마도 그 일에 대해서는 한마디도 입에 담지 않은 채 월요일이 되었다.

"알았니?"

엄마의 목소리에 가시가 박혀 있다.

"응."

"똑바로 들고 가. 기울여 들지 말고."

"응. 잘 먹었습니다."

흘리지 않도록 시리얼을 조심스럽게 떠먹고는 빈 접시를 들고 개수대로 갔다.

"히요리."

엄마가 쨍그랑쨍그랑 그릇을 씻으면서 불렀다.

"왜?"

"목도리, 사 놨어."

목도리라면 5학년 크리스마스 때 유즈키 이모가 사 준 포근한 분홍색이 하나 있다. 작은 토끼 마스코트가 달린 게 어린애 같긴 해도 촉감이 좋아 즐겨 하고 다닌다.

"목도리 있는데."

말하자마자 설거지하던 엄마의 손이 멈췄다.

아찔했다. 엄마를 또 화나게 했다.

고마워, 우아 좋아라, 갖고 싶었는데, 라면서 기뻐하는 모습을 보여 줬어야 하는데. 아니다, 사 준 것은 진심으로 고맙다. 그럼 기쁘다고 하면 될 걸, 나는 어째서 또 이런 식으로 반응해 버린 걸까.

언제였던가, 지금처럼 반응해서 엄마를 화나게 한 적이 있다.

엄마가 새 연습장을 사 왔을 때다.

쇼핑하러 다녀온 엄마는 표지에 양 사진이 찍힌 연습장을 나에게 건넸다.

"자."

"연습장 아직 다 안 썼어."

나는 사실 "아직 남았으니까 다 쓰고 나면 이거 쓸게."라고 말하고 싶었는데 '다 안 썼어'라고 말하고 말았다. 순간, 엄마는 내 손에서 연습장을 낚아채 그대로 내가 보는 앞에서 찢어 버렸다.

"그만해, 그만해."

울면서 엄마를 말렸건만 귀여운 양은 갈가리 찢겼고, 새 연습장은 작은 쓰레기 더미가 되고 말았다.

큰 소리로 우는 나를 보고 엄마는 성가시다는 얼굴로 말했다.

"운다고 용서받을 줄 아니? 더 짜증나."

엄마는 내가 우는 걸 끔찍이 싫어했다.

그리고 울어 봐야 용서받지도 못할 뿐더러 좋은 쪽으로 흐르는 일도 없었다.

그래서 나는 울지 않기로 다짐했다.

"엄마."

내가 황급히 "목도리 고마워."라고 말하려고 했을 때, 엄마가 나직이 말했다.

"……지금 건, 교복에 안 어울리잖아."

"그, 그래."

"소파 옆에 놔뒀어."

"고마워 엄마. 오늘 두르고 갈게."

내 말이 들렸는지 안 들렸는지는 모른다. 엄마는 아무 말도 없이 거실로 가서 고코가 흘린 음식물을 닦았다.

소파 옆에 있는 봉투를 열자 보들보들한 군청과 초록, 하얀색이 섞인 체크무늬 목도리가 들어 있었다.

5시 20분.

나는 도서실 시계를 보고는 황급히 가방을 들었다. 오늘은 학원에 가는 날이라 늦어도 5시에는 나갈 생각이었는데……. 신발을 갈아 신고 밖으로 뛰어나갔다.

바람이 차다. 무의식중에 몸에 힘을 주고 있었는지 목덜미가 뻐근하다.

"히요리!"

교문을 향해 뛰어가는데 부르는 소리가 났다. 소리 나는 쪽으로 얼굴을 돌리자 같은 반 남학생 와타누키가 체육관에서 뛰어오고 있다.

와타누키와는 출신 초등학교도 다르고, 1학기 때 같은 모둠이 된 적이 있는 정도여서 딱히 친한 사이도 아니다.

"집에 가?"

뛰어온 와타누키는 이렇게 추운 날씨에도 빨개진 볼에 이마에는 땀방울까지 맺혀 있다.

"응. 넌 동아리?"

"그래."

"배구부였던가?"

"아니, 농구야 농구부."

그렇게 말하고 이걸 보고도 모르냐는 듯, 입고 있는 유니폼을 팽팽하게 잡아당긴다.

"미안."

농구인지 배구인지 유니폼으로는 구분이 안 된다. 엉겁결에 시선을 떨어뜨리자 와타누키가 키득키득 웃었다.

"괜찮아. 히요리 너, 진짜 어리바리하다."

"어?"

그런 말을 들은 건 처음이다. 대꾸할 말이 없어서 목도리에 얼굴을 살짝 묻었다.

"너 동아리, 들었던가?"

"아니." 하고 고개를 옆으로 흔들자 와타누키는 눈썹을 꿈틀 움직였다.

"그치? 근데 늦게 간다?"

"도서실에 있었어. 방과 후에는 늘 도서실에 들르거든."

와타누키는 "그래." 하고 나를 말똥히 보았다.

"왜?"

"아, 아니, 진짜로 도서실을 이용하는 애가 있구나 싶어서."

와타누키의 말에 푭 하고 웃었다.

"왜 웃냐."

그 말투가 영락없이 어린애 같아서 이번에는 소리 내서 웃자 와타누키의 귀가 빨개졌다.

"미안, 미안해."

"괜찮아. 난 책 같은 거 별로 안 읽으니까."

"그렇구나."

"응, 졸려서."

"하긴, 그럴 때도 있긴 해."

내가 인정하자 와타누키는 이겼다고 우쭐대듯 턱을 치켜들었다.

"그치?"

"저……, 나한테 무슨 할 말 있어?"

순간 와타누키는 "응?" 하고 잠시 생각하는 모습이더니 이내 "아아." 하고 말을 꺼냈다.

"너, 이치하라 도고랑 아는 사이야?"

와타누키의 표정이 조금 골이 난 것 같아서 괜히 가슴이 덜컥

했다.

"어? 도고를 알아?"

"같은 초등학교였어."

"그래." 하고 나는 고개를 끄덕였다.

작년에 인근 중학교 4개교가 폐교되고 1개교가 새로 생겼다. 4개교를 하나로 합친 것은 저출산의 영향으로 학생 수가 줄었고, 게다가 4개교 모두 학교 건물이 노후되어 새로 짓거나 대규모 보수 작업이 필요한 시기였기 때문이라고 했다.

나도 집에서 10분도 걸리지 않는 중학교에 갔을 테지만 폐교되는 바람에 신설 학교인 이 중학교에 입학했다.

우리 집은 학군의 맨 끝에 있어서 학교에서 가장 멀다. 걸어서 30분 가까이 걸린다. 도고의 집은 우리 집의 정반대 쪽 끝으로, 마찬가지로 학교까지 20분 정도 걸린다. 다만, 도고가 사는 지역에는 중학교가 하나 더 있어서 학생의 절반 정도는 그쪽 학교에 다닌다. 도고도 그중 한 명이다.

"금요일 밤에 우연히 봤어, 너희 둘."

와타누키는 입술을 조금 삐죽이듯 하고 우물거렸다.

"금요일?"

"11시쯤이었던가."

그때였나. 가즈 아저씨와 아빠의 이야기가 듣기 싫어서 편의점에 아이스크림을 사러 나갔을 때.

"도고랑 같은 학원 다녀."

"걔랑 너무 얽히지 않는 게 좋을걸."

"뭐?"

"도고 걔, 옛날부터 별로 소문이 안 좋거든. 지금도 부모랑 같이 안 사는 거 같더라."

"……."

체육관 입구에서 "와타~!" 하고 농구부원인 듯한 둘이 소리치며 오라고 손짓했다.

"이크, 땡땡이치다 들켰다."

와타누키는 씩 웃고는 "잘 가." 하고 발길을 돌렸다.

와타누키에게 나쁜 뜻은 없다. 그건 안다. 누군가를 상처 주거나 깎아내리려는 사람의 얼굴이 아니었다. 우연히 나와 도고가 함께 있는 걸 보고, 걱정돼서 말해 주는 정도의 가벼운 마음이었을 거다.

하지만 충격이었다.

부모와 살지 않는다는 게 그렇게 나쁜 것일까. 도고는 딱히 비난받을 만한 일은 하지 않는다. 가즈 아저씨 집에 살면서 학교에 다니고, 밥을 하고…….

가족과 함께 살지 않는 것이 그렇게 나쁜 것일까.

나는 그렇게 생각하지 않는다.

도고가 왜 집을 나와 가즈 아저씨 집에서 살고 있는지 잘 모른다. 하지만 분명 도고는 나보다 좀 더 강하고, 아마도 훨씬 솔직하게 살아가고 있을 거다. 그런 도고가 대단하다고 생각한다. 솔직하게 살아가려면 엄청난 용기가 필요하니까.

"도고 걔, 옛날부터 별로 소문이 안 좋거든."

학교에서 도고를 그런 식으로 본다는 건 상상도 못 했다. 이치지쿠에 있을 때의 도고는 까불이에, 바보처럼 명랑하고, 언제나 웃었다. 그 모습은 '척'하는 것처럼 보이지는 않았다.

……아니, 거짓말이다.

나는 보려고 하지 않았을 뿐이다. 모르는 척했을 뿐이다. 그래야 둘 다 상처받지 않으니까.

돌아보니 학교 건물에서 아이들 몇 명이 와글와글 떠들면서 한 덩어리가 되어 나왔다. 동아리 활동이 끝났겠지. 학교 벽에 걸린 시계를 보니 5시 30분이 넘었다.

집에 들렀다가 얼른 학원에 가야지. 교문을 나가서 문득 하늘을 보았다.

도고는 도고고, 나는 나다. 누가 무슨 말을 하든 나는 내 눈에

비치는 도고를 보면 된다. 귀에 들리는 도고의 목소리만 들으면 된다.

흐읍 숨을 들이마시고 뛰기 시작했다.

울지 않는 딸

아이코

고코와 저녁을 먹고 얼마 지나지 않아 전화벨이 울렸다.

"여보세요."

"여보세요 아이코? 나야 나."

"가즈?"

"그래, 애플파이 쌩큐. 내가 좋아하는 거 기억하고 있었구나."

수화기 너머에서 들리는 이치하라 가즈키의 가벼운 말투에 마음이 편안해졌다.

"그럼 기억하지. 그렇게 극찬해 주는 건 가즈뿐이었거든."

"아냐, 정말 맛있다구. 빈말이 아니라 최고라니까. 도고도 맛있다고 마구 먹어대더라고."

"다행이네. 또 해 줄게."

"어째, 내가 조른 거 같네."

큰 소리로 호쾌하게 웃는다. 나는 얼결에 수화기를 귀에서 떼고 쿡쿡 웃었다. 이 사람은 옛날과 달라진 게 없다.

"요전에는 늦게까지 실례가……, 아, 잠깐만."

"엄마 지금 전화 중이잖아. 고코는 색칠하고 있어."

"색연필은?"

"자, 여기. 이거, 예쁘게 칠해 봐."

"아, 미안해."

"엄마도 힘들겠는걸."

가즈가 쾌활하게 말한다.

"그렇지 뭐, 그래도 귀여우니까."

"그럴 테지."

"아 참, 요전에 남편이 민폐를 끼쳤습니다."

다소 격식 차린 말투에 가즈는 "헉, 유부녀티 팍팍 내네." 하고 웃었다.

"신야랑 오랜만에 마시는 거라, 부어라 마셔라 했지. 히요리가 피곤하다고 안 해? 늦도록 붙잡아 둬서 미안했어."

"아니. 아냐, 괜찮아."

나는 고개를 가로저으며 말했다.

"저어, 그날 얘긴데, 신야 어땠어?"

"신야? 일이 바쁜 것 같던데, 그것 말고는 딱히 뭐. 왜?"

"아니 그냥. 너무 취해서 무슨 실수라도 한 거 아닌가 싶어서."

"그런 일 없어. 나도 취한 걸 뭐."

잠깐 사이가 떴다.

"아이코, 히요리에 대해선 아무것도 안 물어보네."

"……어?"

"금요일 얘기도 그렇지만, 학원 생활은 잘하고 있나, 그런 거. 아니 뭐, 히요리는 야무지지 성적도 좋지, 그러니 아이코가 걱정하지 않겠다 싶긴 하지만."

"맞아. 그 앤 야무지니까."

"그렇지? 미안, 괜한 말 해서. 나도 지금 보호자 노릇 하고 있어서 말이지."

"도고를 데리고 있다지?"

"그래그래. 걱정돼서 죽겠다니까. 지금 녀석을 보호할 수 있는 게 나뿐이라고 생각하면 말이지. 뭐, 지나친 걱정일 테지만 말야."

형님 부부가 이혼하고 형님이 아이의 친권을 얻은 후로 이따금 가즈는 조카인 도고를 데리고 있었다. 학원에 보내는 것도 도고가 가즈 집에 가는 걸 눈치 보거나 꺼리지 않도록 하기 위함이었고, 이치지쿠에서는 특별한 경우지만 그런 이유로 초등학교 1학년 때부터 학원에 나오도록 했다고 들은 적이 있다.

이치지쿠는 원칙적으로 4학년부터 받고 있다. 저학년 때는 학교 숙제만으로 충분하다. 공부보다 자유롭게 노는 것이 더 중요하다. 그것이 가즈의 지론이었다.

히요리가 초등학교에 들어가자마자 '이치지쿠에 보내고 싶다'고 전화했을 때 가즈에게서 들은 말이다.

"정말 도고랑 살고 있구나."

"상당히 힘을 덜고 있지. 밥도 해 주고, 빨래도 해 주고, 다림질까지 녀석이 해. 또 누가 있으면 나도 제대로 된 생활을 하게 되잖아. 덕분에 아침나절이 돼서야 잠 드는 일도 없어졌어."

"세상에!"

얼결에 웃고는 아픈 곳을 콕 찔러 본다.

"그러게 결혼하랬잖아."

"결혼은 또 다른 얘기지. 뭐 그 얘긴 됐고, 도고 녀석 말야. 여기 와서 살고부터 너무 착하게 구는 것 같거든."

"착하게 굴어?"

"신경을 쓴다고 해야 하나. 보통은 그 반대잖아. 오래 함께 살다 보면 제멋대로 굴기도 하고. 근데 도고는 달라. ……제 아빠한테 보낼까 봐 안간힘을 쓰는 것 같거든. 난 그런 소리 안 하는데, 그래도 은연중에 눈치를 주겠지 생각하면……, 흐음."

"……그건, 가즈만 그런 건 아냐."

그런 생각을 하며 마음 아파하는 가즈가 훨씬 낫다. 나는 눈치 보는 딸을 보면 그만 조바심을 내고 만다. 갖고 싶은 것이 있어도 사 달라고 조르지 않고, 언제나 가지런히 벗어 둔 현관의 신발에, 싫어하는 셀러리를 입에 욱여넣고 억지로 삼키는 모습에 조바심이 나서 상처 준다는 것을 알면서도 가시 돋친 말을 내뱉고 만다.

"가즈가 훨씬 더 부모다워."

"아이코?"

"미안, 지금 고코 목욕시켜야 해서."

"아, 미안해, 오래 붙잡고 있었네. 언제 한번 놀러 와."

"고마워."

"그럼, 끊을게."

"응, 잘 지내."

전화를 끊고 식어 버린 차로 입안을 적셨다.

언제까지 이렇게 괴로워해야 하는 걸까. 시계를 보니 8시 반이 조금 지났다. 곧 히요리가 올 시간이다.

"고코, 조금 있다 목욕하자."

"으~응."

거실에 엎드려 색칠하고 있는 고코는 무릎을 구부리고 오른쪽, 왼쪽으로 다리를 흔들어 대며 건성으로 대답했다.

어딘지 맹한 듯한 그 태평한 모습에 위안을 받는다. 아무리 버릇

없이 굴어도, 떼를 써도, 감당 못 할 정도로 짜증을 내도 이 아이는 나를 치유해 준다.

개수대 옆에 있는 급탕기 리모컨에서 유쾌한 멜로디가 흘러나오더니 '목욕물이 데워졌습니다.'라는 음성이 나왔다.

냄비에 든 포토푀*를 가스레인지에 데워 오목한 접시에 담았다.

목욕한다.
식었거든 전자레인지에 데워 먹어.

메모해 두고 목욕 준비를 했다. 히요리에게 아직 불을 쓰게 할 생각은 없다. 부엌칼도 마찬가지다.

예전에 발레교실에 고코를 데리러 갔다가 발표회 설명회를 듣는 바람에 평소보다 늦게 돌아온 적이 있다. 집에 도착하자 히요리가 부엌에서 프라이팬을 씻고 있었다.

"뭐 하고 있어."

목소리를 내리깔자 히요리는 쑥스러운 듯이 웃었다.

"채소볶음을 했어."

식탁 위에 있는 커다란 접시로 눈길을 옮겼다.

*고기와 채소를 물에 넣고 오래오래 푹 끓인 프랑스 요리. – 옮긴이.

윤기 흐르는 양배추의 초록과 당근의 선명한 색깔이 눈에 들어왔다.

"학교에서 배웠어."

"왜 건방을 떨고 그래……."

"엇."

히요리의 웃는 얼굴이 굳어졌다.

그 얼굴을 본 순간, 가슴이 끓어올랐다. 억누를 수 없을 정도로 부글부글 끓어올랐다. 붉고 걸쭉한 것이 넘쳐흐른다. 마그마다. 나무도 풀도 대지도 집도 사람도……, 모든 것을 집어삼키면서 깡그리 태워 버린다. 멈출 수가 없다.

"어째서 나한테 물어보지도 않고 부엌을 쓰는 거야?"

"그치만, 엄마."

"변명하지 마!"

히요리는 움찔 놀라더니 그대로 몸이 굳어졌다.

"히요리."

"어, 엄마가 늦게 와서, 내가 만들어 두려고."

"누가 너더러 음식 해 달래? 엄마가 너한테 부탁한 적 있어? 밥 안 해 줬던 적 있어? 엄마가 늦게 와도 밥하면서 불평한 적 있었냔 말야?"

히요리는 작게 고개를 흔들었다. 어깨를 떨었다. 하지만 울지는 않았다.

꽉 쥔 오른손을 왼손으로 감싸 쥐고 나는 눈길을 돌렸다.

"위험해……. 다신 하지 마."

응, 하고 속삭이는 듯한 목소리가 나고 공기가 움직였다. 통통통 계단을 뛰어 올라가는 소리가 나고, 쾅 하고 문 닫히는 소리가 울렸다.

울면 멈출 수 있는데. 말이 심했다고 후회하고, 가여운 마음이 들지도 모르는데…….

그때 그 채소볶음을 어떻게 처리했는지는 확실히 기억나지 않는다. 먹은 기억은 없지만 버리라고 했던 기억도 없다. 히요리가 혼자서 먹었을까. 지금껏 묻지 못하고 있다.

"고코, 목욕하자."

"조금만 더~."

군청색 색연필로 프린세스의 머리 위에서 날고 있는 새를 색칠하고 있다.

"그럼, 엄마 먼저 하고 있을 테니까 그거 다 칠하거든 와."

욕실 문을 열었을 때, 현관에서 열쇠로 문 여는 소리가 났다.

다녀왔습니다, 라는 히요리의 목소리를 샤워 소리로 지워 버렸다.

엄마의 공주님

히요리

♫♪♪

집에 들어가자 샤워 소리가 났다.

"다녀왔습니다."

욕실 쪽을 향해 말했다. 엄마에게 "어서 와."라는 대답을 기대하는 건 아니다. 다만, 집에 돌아왔다는 것을 자신에게 들려주며 확인할 뿐이다.

거실문을 열자 엉터리 영어와 음정이 엉망인 고코의 노랫소리가 들려왔다. 아마도 〈알라딘〉 노래일 것이다.

아 시끄러워…….

여덟 살이나 어린 동생에게 일일이 짜증 낼 것까지야 없다는 걸 알고 있는데도 짜증스럽다. 하지만 그걸 절대 겉으로 드러내지는 않는다.

고코는 엄마의 공주님이고, 공주님은 가족 중에서 가장 고귀한 존재니까. 그 고귀한 존재를 부정하고 상처 주는 건 절대 용서받을 수 없다.

누가 그렇게 말한 것도 아니다. 하지만 안다. 엄마도 아빠도 나도 그리고 고코 자신도 알고 있다.

작게 숨을 들이마시고 "고코." 하고 불렀다.

색연필을 쥐고 엎드린 채로 고코가 돌아보았다.

언니 왔어, 란 말도 못 해? 귀엽지 않다.

나는 목도리를 풀면서 고코에게 억지로 웃어 보였다.

"목욕하고 와, 엄마가 기다리잖아."

고코는 색칠 놀이로 얼굴을 홱 돌렸다.

"고코."

"싫어."

욕실에서 "고코~." 하고 엄마가 불렀다.

"거봐, 부르잖아."

조금 강하게 말하자 고코는 벌떡 일어나 부루퉁한 얼굴로 거실을 나갔다.

하아, 한숨을 내쉬고 식탁 의자에 앉았다. 식탁 위에 있는 오목한 접시에 포토푀가 담겨 있다. 그 옆에 메모지가 있었다.

> 목욕한다.
> 식었거든 전자레인지에 데워 먹어.

내가 고코였다면 어땠을까. 엄마는 학원에서 돌아온 고코에게 "추웠지?"라고 말하면서 냄비를 불에 올려 뜨끈뜨끈한 포토푀를 접시에 담아내지 않았을까. 먹는 동안에도 함께 앉아서 학교 이야기도 물으며, 신나게 수다를 떨지 않았을까.

아니지.

엄마는 분명 고코를 데리러 학원에 가서 "배고프지?"라고 물을 거다. 그리고 돌아와서 함께 식탁에 앉을 거다.

그런 상상을 하며 쓴웃음을 지었다.

욕실에서 아까와 같은 고코의 노랫소리가 들렸다.

전기밥솥에서 밥을 퍼담고, 포토푀는 전자레인지에 돌리지 않았다. 차갑지도 않았지만 따뜻하지도 않았다. 미지근한 포토푀를 입에 넣으며 '나는 뜨거운 걸 못 먹어.'라고 마음속으로 중얼거려 본다.

"후후 불어 먹어."

도고의 말이 떠올랐다.

어차피 식을 건데, 데울 필요 없잖아.

그렇게 말하면 도고가 "너, 바보구나."라며 어이없다는 얼굴을 할 것 같다.

카랑, 숟가락을 접시에 내려놓았다.

도고는 집에 돌아갈 생각이 아예 없는 건가? 돌아가고 싶지 않은 걸까.

나는? 나도 도고처럼 갈 곳이 있었다면 집에서 나갈 생각을 했을까. 나에게 가즈 아저씨 같은 존재는 유즈키 이모인가…….

유즈키 이모는 엄마의 사촌 언니다. 유즈키 이모라면 군말 없이 며칠이고 지내게 해 줄 것이다. 그래도 계속 있을 수는 없다.

대체 나는 도망치고 싶은 건가, 들러붙어 있고 싶은 건가, 그마저도 모르겠다. 다만, 한번 집을 나간다면 나는 분명 돌아오지 못할 거다. 엄마와 나는 정말로 끝일 거 같다.

그만한 각오는 돼 있느냐고 묻는다면, 대답은 아마도 '노'다.

나는 여전히 엄마에게 사랑받고 싶다. 언젠가 엄마가 나를 사랑해 줄 거라고 믿고 있다. 어렵다는 걸 알고 있는데도 내 마음속 깊은 곳에서 여전히 그걸 바라고 있다.

욕실 문 열리는 소리가 나고, 엄마와 고코의 웃음소리가 들려왔다.

한밤에 퍼뜩 잠이 깼다.

머리맡에 있는 자명종 시계를 들고 보니 한 시가 넘었다. 몇 번 뒤척이다 눈을 감았지만 잠이 오지 않았다. 전부터 이따금 이렇게 한밤중에 깨어 다시 잠을 이루지 못 하는 일이 있다.

초등학교 저학년 무렵에는 모두가 잠든 밤중에 홀로 깨어 잠들지 못할 때면 아주 무서웠다. 어떻게든 잠을 자려고 눈을 꼭 감고 있다 보면 오히려 정신이 말짱해져서 어느덧 밖이 희미하게 밝아왔다. 주위가 밝아지면 안심이 되어 그제야 가까스로 잠이 들지만 그렇게 되면 또 제시간에 일어날 수가 없었다. 결국 등교 시간에 빠듯하게 일어나면 엄마는 나에게 학교에 가지 말라고 했다.

엄마가 좀체 일어나지 못하는 나를 걱정한 것은 아니다. 단지 엄마의 잣대로는 지각하느니 차라리 결석하는 게 나았던 거다.

늦잠 때문에 결석하는 날이면 엄마의 기분은 평소보다 더 언짢았다. 딱히 야단치는 일은 없었다. 때리거나, 밥을 굶기거나, 어딘가에 가둔 적은 한 번도 없다. 다만, 말을 하지 않았다. 입을 다문 채 묵묵히 밥하고, 빨래하고, 청소기를 돌리는 엄마는 표정이 없었다. 눈앞에 내가 있는데도 보이지 않는 듯이 눈을 맞추지도, 말을 건네지도 않았다.

큰소리로 혼나는 것보다 그게 훨씬 더 무서웠다.

다시는 이런 일이 없도록 하자고 다짐했다. 3학년이 되자, 한밤에 잠이 깨면 한동안 자려고 애쓰다 안 되면 아침까지 그대로 깨어 있기로 했다.

아예 자지 않으면 늦잠 자는 일도 없다. 그런 작전이 성공한 적도 있었지만 아침이 다 돼서야 까무룩 잠이 들어 일어나지 못할 때도 있었다.

이것저것 시험해 본 결과, 잠이 깼을 때는 일단 일어나서 물을 마시고 책을 읽는 게 가장 좋은 방법이란 걸 알게 됐다. 가능하면 조금 복잡한 책이 좋다.

그럼 길어야 30분도 지나지 않아 하품이 나온다.

"한 시네."

나는 여느 때처럼 일어났다.

폴라폴리스 윗옷을 걸치고 복도로 나갔다. 물을 마시려고 부엌에 내려가는데 거실에서 불빛이 새어 나왔다.

아빠?

내가 잠자리에 든 것이 12시 조금 전. 그때까지 돌아오지 않았으니 아빠인지도 모른다.

발끝으로 살그머니 계단을 내려가자 말소리가 들렸다. 방으로 돌아가는 게 좋겠다고 생각했지만 발은 거실로 향했다.

살그머니 문을 열자 엄마가 수화기를 귀에 대고 의자에 앉아 있었다.

"알지. ……근데, 응, 그래."

갑자기 코를 훌쩍이는 소리에 가슴이 철렁했다.

엄마가, 울어?

"근데 말야, 그게 아니고. ……히요리가. ……그렇지 않아. 어, 크리스마스? ……하지만 언니."

띄엄띄엄 이야기하는 데다 몇 마디밖에 알아듣지 못해서 무슨 이야기를 하는지 도무지 감을 잡을 수가 없다. 하지만 내 이야기를 한다는 것과 전화 상대가 누구인지는 알 수 있었다. 엄마가 '언니'라고 부르는 사람은 유즈키 이모밖에 없다.

찰칵, 문 여는 소리가 났다.

아빠다! 나는 황급히 2층으로 뛰어 올라갔다.

열쇠를 돌리는 소리와 엄마의 "왔어? 늦었네."라는 목소리가 조용히 울렸다.

침대 속으로 들어간 뒤에도 심장이 쿵, 쿵 울렸다. 들키지 않아서 다행이라는 안도감과 동시에 엄마와 유즈키 이모가 나에 관해 이야기를 했다는 것, 그리고 엄마가 울었다는 것 때문에 마음이 술렁거렸다.

무슨 이야기를 한 거지?

왜 울었지?

궁금하다. 알고 싶다, 정말로. 엄마의 진심을. 엄마의 마음을…….

이튿날, 학교를 나와서는 평소와 반대 방향으로 향했다.

큰길을 건너 도로변으로 쭉 가다 보면 오른쪽에 상점가 입구가 나온다. 상점가는 빨강, 파랑, 노랑, 초록 불빛이 깜빡깜빡 빛났고, 가게마다 산타클로스와 순록 인형으로 트리 장식이 돼 있었다. 가게 안에서도 상점가의 스피커에서도 밝고 흥겨운 캐럴이 흘러나왔다.

무와 파가 삐죽 나온 비닐봉지를 들고 걸어가는 아주머니. 두루마리 화장지를 든 남자아이. 장난감 가게 앞 게임기에 무리 지어 있는 초등학생들.

평소와 다를 것 없는 광경이지만 크리스마스 장식 때문인지 왠지 들뜨고 흥겨운 분위기다.

곧 크리스마스다.

그러고 보니, 아침에 텔레비전을 보던 고코가 굴뚝이 어쩌느니 하며 떠들었었다. 크리스마스 이야기였던 거다. 분명 굴뚝이 없으면 산타할아버지가 들어올 수 없다는 둥 어떻다는 둥 해서 엄마를 난처하게 했을 것이다. 고코는 한번 말을 꺼냈다 하면 쉽게 물러서지 않는다. 엄마는 엄마 나름대로 반드시 고코의 요구에 응한다. 설마 굴뚝까지 만들까 싶긴 하지만, 어떨지.

도리질을 치고는 서둘러 걸었다. 모퉁이에 있는 고서점 앞에서 왼쪽으로 꺾으면 좁은 골목이 나오고, 그 오른쪽에 '노엘'이라는 간판이 걸린 액세서리 가게가 있다. 유즈키 이모의 가게다.

이모는 이 가게의 주인이자 액세서리 디자이너다.

가게 앞에 파란빛으로 에워싸인 트리가 장식돼 있었다. 상점가의 알록달록한 전구가 깜빡거리는 화려한 트리와는 달리 심플하고 차분하다.

유리문을 밀자 드르륵 소리가 났다.

"어서 오세요."

사람은 나올 기미도 없이 이모의 느긋한 목소리만 들려왔다. 나는 가게 안을 한 번 쳐다보고는 자그마한 가게 안에 진열된 액세서리들을 하나하나 들여다보았다.

1분쯤 지났을까, 덜컹 의자 빼는 소리가 나는가 싶더니 곧장 이모가 나왔다. 머리에 스카프를 머리띠처럼 두르고, 긴 머리칼을 한 갈래로 느슨하게 땋아 어깨 한쪽으로 늘어뜨렸다.

"아, 히요리구나."

꾸벅 인사하자 이모는 내 옆에 나란히 서서 진열된 팔찌를 가리켰다.

"이거, 크리스마스를 겨냥한 신제품이야."

다섯 줄로 된 은제 고리였다. 이모는 그걸 내 손목에 끼워 줬다.

"귀여워."

손을 움직이자 서로 얽힌 다섯 개의 고리가 빛의 각도에 따라 저마다 반짝반짝 빛났다.

"그치? 이거 뭔지 알아?"

"팔찌."

내가 말하자 이모는 쿡 웃었다. 그 얼굴을 보니 가슴이 꽉 조이듯 답답해졌다. 웃는 눈이 엄마와 많이 닮았다.

"아니, 어떤 디자인이냐고."

"……아."

"자, 뭐 같니?"

팔에 찬 팔찌를 말끄러미 내려다보았다. 군청색과 짙은 녹색, 은색과 흰색 타원형이 죽 매달려 있고, 그 타원형에 자그마한 막대와 날개 같은 것이 달려 있다.

"음표?"

"정답. 크리스마스 캐럴 음표로 돼 있어."

"우아, 멋지다."

이모는 만족스러운 듯이 고개를 끄덕였다.

"그거, 너 줄게. 크리스마스 선물."

"괜찮아요, 안 받을래요."

황급히 손사래를 치자 이모는 내 손을 잡고 팔찌를 벗겨 내더니 자그마한 상자 속에 넣고 리본을 둘렀다.

"내가 주고 싶어서 그래. 너한테 잘 어울려서."

나한테 어울렸어? 쿵덕, 하고 심장이 뛰었다.

"아, 좀 어른스러운 거 같긴 하다만, 좀 더 크거든 하고 다녀."

"고맙습니다. 잘 간직할게요."

"그래. 위로 올라갈래?"

2층은 이모의 집이다.

"아니요."

고개를 가로로 흔들었다.

"그럼, 홍차 끓이는 동안 저기 앉아서 기다려."

이모는 창가의 둥근 테이블로 눈길을 돌리며 말했다.

"네."

따따따딱 하고 가스레인지 불이 점화하는 소리와 찻잔 부딪치는 소리가 들렸다. 나는 팔찌가 든 작은 상자를 손가락으로 살짝 쓰다듬었다.

"내가 주고 싶어서 그래. 너한테 잘 어울려서."

후욱 가슴이 따뜻해졌다.

아빠와 엄마에게도 생일과 크리스마스에 선물을 받는다. 하지만 이런 말을 들은 건 처음이다.

"오래 기다렸지."

이모가 유리 주전자와 자잘한 꽃무늬가 박힌 찻잔을 쟁반에 담아 가지고 나왔다. 둥근 테이블 위에 쟁반을 놓자 빈 찻잔에서 김이 올랐다.

"음? 아, 먼저 찻잔을 데워 놓아야 하거든."

빈 잔을 보고 있는 나에게 이모가 설명했다.

"다 우러났겠다."

이모는 주전자 속을 티스푼으로 한 번 젓고는 차 망을 받쳐 두 개의 찻잔에 조금씩, 조금씩 따랐다.

"홍차는 마지막 한 방울까지 다 따라야 해."

"그래요?"

"응. 베스트 드롭이라고, 거기에 제일 맛있는 맛과 떫은맛이 응축돼 있거든."

똑.

"자, 마셔."

이모가 내 앞에 찻잔을 놓았다.

"잘 마실게요."

찻잔을 입으로 가져가자 감칠맛 나는 차향이 화악 코끝으로 밀려왔다.

찻잔에 입을 댔다.

"앗 뜨거."

"너, 뜨거운 거 못 먹던가."

"괜찮아요. 후~후~ 불어서 마실게요."

이모가 웃었다.

"맛있다."

감칠맛과 부드러운 풍미, 거기에 은은하게 단맛이 났다.

"그치?"

이모도 한 모금 마시고, 후우 하고 숨을 내쉬었다.

"근데, 무슨 일이니?"

"옛?"

"무슨 할 얘기가 있어서 온 거 아냐?"

"아, 네. 어떻게 알았어요?"

이모가 어깨를 으쓱 추어올렸다.

"표정이 하도 심각해서. 그리고."

그리고, 뭐요? 다음 말을 기다렸지만 이모는 입을 열지 않았다.

나는 홍차를 한 모금 더 마시고 얼굴을 들었다.

"엄마 말이에요."

이모는 전혀 놀라지 않았다.

"어젯밤에 전화하면서 왜 울었어요?"

교복 스커트를 꽉 쥐었다.

"밤중에 잠이 깨서, 물 마시려고 아래층으로 내려갔었거든요. 그 때 엄마랑 전화한 게 이모 맞죠?"

"그래."

"그럼 말해 줘요."

이모는 나를 빤히 보고는 홍차가 든 찻잔 위를 손가락으로 쓰다듬었다.

"아이코는, 네 엄마는 무서워해."

"무서워요? 뭐가요?"

"……그건, 모르겠고."

"거짓말."

유즈키 이모는 알고 있다. 엄마가 의논할 수 있는 사람은 이모밖에 없을 터다.

"히요리."

"나도 알아요."

목소리가 떨렸다.

"엄마는 나를 좋아할 수 없는 거예요. 나를 싫어하잖아요?"

"히요리."

"다 알아요!"

이모는 흐읍 숨을 들이마셨다.

"알았다, 알았어. 차근차근 이야기해 보자. 됐지?"

고개를 한 번 끄덕했다.

"차 마셔."

이모의 말에 나는 찻잔으로 손을 뻗었다. 찻잔이 잔 받침에 부덮쳐 쨍그랑쨍그랑 울렸다.

나, 떨고 있어.

이런 얘기 듣는 거 무서워, 나도 무섭다고. 하지만 이대로 있는 건 더 무서워.

나는 엄마를 미워하고 싶지 않아. 엄마한테 귀염받고 싶어. 나를 보고 웃어 주는 엄마의 얼굴을 보고 싶어. 찻잔을 두 손으로 들어 입으로 가져갔다.

이모는 길게 숨을 내쉬고 고개를 끄덕였다.

"엄마한텐 너도 고코도 귀한 딸이야."

절레절레 고개를 저었다.

"귀한 딸로 여기고 싶어 해. 하지만 마음이 따라가지 않는 일도 있어."

내가 얼굴을 들자 울상이 된 이모가 바라보고 있었다.

"왜요?"

이모가 고개를 저었다.

"모르지. 하지만 엄마는 널 소중히 여기고 싶어 해. 그렇지 않다면 울지도 않겠지. 괴롭지도 않을 거고."

"…… 기다려도, 될까요."

이모는 천천히 고개를 끄덕이고는 갈라진 목소리로 "고맙다."라고 말하고 나를 살포시 안아 줬다.

닮은 얼굴

아이코

빨래를 개면서 떨어져 가던 히요리의 셔츠 단추가 다시 달린 것을 발견했다. 갈색 실이 없었던 것일까. 하나만 검은 실로 달려 있다. 잘 달았다고 할 수는 없지만 단단히 달려 있다.

단추가 떨어질 것 같다는 건 알고 있었다. 반짇고리 함을 꺼내려는데 무엇 때문이었는지 고코가 떼를 쓰는 바람에 그대로 두고 말았던 것이다.

손이 가지 않는 아이.

히요리는 정말로 태어났을 때부터 손이 많이 가지 않는 아이였다.

우렁찬 울음소리와 함께 태어나서 젖도 잘 먹고 밤에 우는 일도 거의 없었다. 아기침대 안에서 오~오~ 하고 기분 좋게 옹알거리며 팔다리를 힘차게 바동거렸다. 침대를 들여다보면 맑고 까만, 커다란 눈동자가 나를 보았다. 볼을 살짝 만지기만 해도 까르르 웃었다.

갓난아기 때는 잘 웃었다. 그 때문인지 히요리는 누구에게나 귀염받았다.

"이렇게 귀여운 아기는 처음 봐."

히요리를 처음 안았을 때 신야는 그렇게 녹아내릴 듯이 웃었다.

물론 제 자식에게 귀엽다는데 기쁘지 않을 리 없었다. 하지만 난 주변에서 말하는 만큼 귀엽다는 생각은 들지 않았다.

엄마라면 누구보다 제 자식이 귀여워 보이지 않을까? 남편이나 친구나 아버지나 시어머니, 하물며 생판 남이 생각하는 것보다 훨씬 더 사랑스러울 터다.

그런데 귀엽지가 않았다. 그런 자신에게 초조하고, 당황스럽고, 조바심이 났다.

돌이켜 생각해 보면 분만실에서 히요리를 처음 안고 얼굴을 봤을 때, 기쁨이나 안도감보다 숨이 막히는 것 같았다. 그때는 출산의 피로 탓이겠거니 하고 신경도 쓰지 않았다. 하지만 입원 중에도 젖이 불거나 입욕 지도를 받을 때면 가슴이 답답해졌다.

그런 감정은 아무에게도 말하지 않았다. 입 밖에 내면 '엄마 실격' 낙인이 찍혀 버릴까 두려웠다. 시간이 지나면 분명 편안해질 것이다. 자연스레 달라질 거다. 그렇게 믿기도 했다.

병원에서 퇴원하고 곧장 집으로 왔다. 친정으로 가지 않았던 것은 어머니는 돌아가셔서 안 계셨고, 직장에 다니는 아버지는 산모와 아기를 돌봐줄 상황이 아니었기 때문이다. 시어머니가 집에 와서 산후조리를 해 주겠노라 했지만 신야와 의논하여 정중히 거절했다. 시설에서 조리원 일을 하면서 여자 혼자 힘으로 신야를 키운 시어머니는 몇 년 전에 염원하던 자그마한 음식점을 시작해서 바빴기 때문이다.

그 대신 신야가 매일 일찍 퇴근해서 육아며 가사를 당연한 듯이 했다. 시어머니에게 그 이야기를 하자, "당연히 해야지. 더 시키렴." 하고 천연덕스럽게 말했다.

히요리는 나날이 체중도 늘고 표정도 풍부해졌다. 아기 특유의 말랑함과 우람함과 싱그러움이 히요리를 훨씬 사랑스러운 아이로 만들었다.

그런데 히요리를 보고 있으면 숨이 막혔다. 정체 모를 공포와 불안이 슬금슬금 발밑에서 기어 올라왔다.

왜? 그 이유를 알 수가 없었다. 딸이, 내 자식이 사랑스럽지 않은 이유를. 꼴도 보기 싫은 이유를.

자그마한 이불 속에서 자고 있던 히요리가 으앵 하고 울었다. 얼결에 눈을 돌렸을 때, 문득 생각났다.

"언니, 언니."

언제나 졸졸 따라다녔던 내 여동생, 스즈네.

스즈네의 그 말랑말랑했던 손. 벚꽃 잎 같은 뺨이 선명하게 떠올랐다.

히요리는 스즈네를 닮았는지도 모른다.

그렇다. 그래서, 그래서 나는…….

이 아이를 보고 있으면 나도 모르게 먼 옛날에 뚜껑을 닫아 버렸던 그 일이 떠오르는 것이다. 동생이, 스즈네가 생각나는 것이다.

그렇게 생각하자 마음이 놓였다.

어린 히요리 안에서, 나는 이 아이를 사랑할 수 없는 이유를 마침내 찾은 것이다.

"엄마~, 엄마~, 엄마~."

고코가 젤리 봉지를 내밀었다. 포장에 세 명의 프린세스 캐릭터가 그려져 있는, 고코가 좋아하는 젤리다.

"아까 따 줬잖아."

"다 먹었는걸."

"그럼, 이제 끝. 이건 내일 먹어."

"싫어."

"충치 생겨."

"안 생겨, 고코, 안 생겨!"

입술을 비쭉 내밀고 발을 쿵쿵 구른다.

고집불통이다. 히요리는 이런 식으로 떼를 쓴 적이 없다. 그런데도 고코가 깨물어 주고 싶을 정도로 사랑스럽다. 고집불통에 툭하면 골 내고, 억지 부리며 뭐든 제 뜻대로 하려 한다. 감당이 안 될 때도 종종 있지만 귀엽다.

토라진 얼굴도, 골을 내며 째려보는 얼굴도, 우는 얼굴도 마냥 귀엽다. 고코에게는 내가 있어 주지 않으면 안 된다. 나 말고는 이 아이를 키울 사람이 없다. 고코는 나에게 엄마로서의 자신감을 안겨 준다.

"열어 줘~."

"아 그래! 내일 크리스마스 파티하러 유미네 집에 갈 때, 요전에 산 원피스 입고 갈까? 머리도 엘사처럼 묶어 줄게."

화제를 바꿔 젤리로부터 마음을 돌리려 해 본다.

고코는 요즘 〈겨울 왕국〉에 푹 빠져 있다. 매일 같이 DVD를 보면서 완전히 엘사에 몰입하고 있다.

"어때, 좋지?"

고코는 잠시 내 이야기를 듣고 어리둥절한 얼굴로 고개를 끄덕이더니 다시금 "열어 줘~."라며 젤리 봉지를 막무가내로 들이밀었다.

"진짜 못 말리겠네. 이게 마지막이야. 더 먹으면 저녁밥 못 먹으니까.”

“응!”

순식간에 활짝 웃으며 찰싹 옆에 앉는다. 고코의 기름한 외꺼풀 눈이 못 기다리겠다는 듯이 내 손을 뚫어져라 보고 있다.

“자, 먹어.”

봉지를 열자 고코는 낚아채듯이 젤리를 가져갔다.

개다 만 히요리의 셔츠를 들고 새로 단 단추를 손가락으로 쓰다듬었다.

어째서, 단추 달아 달란 말을 하지 않는 걸까.

불쑥 그런 생각을 하다가 이내 씁쓸히 웃었다. 말하지 않는 게 아니라 말하지 못하는 거다. 내가 말하지 못하는 아이로 만들어 버렸다.

히요리가 없을 때, 그 애 생각을 하면 가슴이 답답해진다. 더 다정한 말을 건네고 싶다. 손을 잡아 주고 싶고, 안아 주고 싶다. 함께 옷을 고르고, 케이크도 만들고, 같이 웃고 싶다. 하지만 히요리의 얼굴을 보면 혐오감이 솟구친다. 정신을 차리고 보면, 가시 박힌 말을 던져 그 애의 마음에 상처를 입히고 있다.

히요리를 사랑하지 못하는 이유를 찾고 나서도 나에게는 역시 모성이란 것이 없는 게 아닐까 싶어 무서웠다. 그래서 고코를 임신했을 때는 두려웠다.

소파 위에서 젤리를 먹으며 인형 머리를 비즈 머리끈으로 묶고 있는 고코를 보자 마음이 누그러졌다.

고코를 임신했을 때는 그토록 불안하고 두렵더니 막상 태어난 고코를 본 순간 그러한 감정은 씻은 듯이 사라졌다.

가슴에 안은 고코가 끔찍이 사랑스러웠다. 자그마한 손도, 발도, 솜털 같은 머리카락도, 초점 없는 눈도, 코와 입도, 약간 뾰족한 귀도, 그 모든 것이 귀여웠다. 이 작은 보물을 목숨 걸고 지켜야 한다. 무슨 일이 있더라도, 언제라도, 나는 이 아이 편이다.

이 아이를 위해서라면 누군가를 상처 주는 일도 마다하지 않을 것이다.

행복한 머리핀

히요리

학교에서 돌아오자 고기 굽는 냄새가 집 안 가득했다. 크리스마스에는 보통 치킨을 먹지만 우리 집에서는 늘 로스트비프다.

"다녀왔습니다."

오븐에서 풍겨 나오는 달고 고소한 냄새를 들이마시며 거실문을 열었다.

"어서 와."

엄마 목소리가 밝다. 집 안에서는 2주 전부터 장식해 둔 크리스마스트리 전구가 깜빡깜빡 빛난다.

"오늘은 아빠도 7시까지는 들어오신다고 했어."

"알았어. 엄마, 나도 뭐 거들어도 돼?"

케이크에 과일 장식을 하던 엄마는 잠시 손을 멈추고 나를 쳐다봤다.

눈과 눈이 마주쳤다. 오랜만이다. 오랜만이라 당황스러웠다. 이런 식으로 엄마가 나를 보아 준 게 얼마 만인가.

"그럼, 카나페를 만들어 주겠니."

"알았어!"

내 목소리가 들떠서인지 엄마는 순간 놀란 얼굴을 했지만 이내 피식 웃었다.

"크래커 위에 치즈나 생햄이나 샐러드나."

"과일이나."

"그래, 카나페는 네가 알아서 해, 부탁한다."

"손 씻고 올게."

나는 세면대로 뛰어가 손을 씻으면서 거울을 보았다. 아직 교복 차림에 목도리도 풀지 않은 내 모습에 쿡 웃음이 나왔다.

크리스마스이브인 오늘은 엄마 생일이기도 하다. 매년 함께 축하한다곤 하지만 건배할 때만 "생일 축하합니다."라고 할 뿐 메인은 크리스마스다. 선물한 적도 없었다. 하지만 올해는.

어제는 유즈키 이모네 가게에서 선물을 샀다. 앤티크 풍의 나비 모양 머리핀이다. 보라색과 분홍색, 그리고 날개는 투명한 비즈로 돼 있다. 지난번 가게에 갔을 때, 보자마자 마음에 쏙 들었었다. 가격표를 보니 2800엔. 용돈과 남은 세뱃돈을 합하면 겨우 살 수 있는 금액이었다.

머리핀을 내밀며 "포장해 주세요."라고 말하자 이모는 빙그레 웃으며 두 손으로 받아들었다.

"이거, 엄마한테 선물하게?"

"어떻게 알았어요?"

"모레가 생일이잖아. 그리고 이거, 엄마한테 잘 어울릴 것 같거든."

이모는 다정한 눈빛으로 말했다.

이걸 선물하면 분명 기뻐해 줄 거다. 틀림없이 엄마의 길고 부드러운 검은 머리칼에 잘 어울릴 거다.

이모는 계산대 아래서 얇고 샤방샤방한 하늘색과 흰색 포장지를 각각 한 장씩 꺼내, 머리핀을 넣은 상자를 포장했다.

능숙하게 포장하는 손끝을 보고 있는 데 이모가 말했다.

"이거, 한정품이야."

"한정품?"

"똑같은 건 없다고."

"이모가 만든 거 아니에요?"

이모는 고개를 휘휘 저었다.

"가게에 있는 거 절반은 내 디자인인데, 나머지 절반은 다른 작가 작품이야."

"그렇구나."

"그래서 책임이 무겁지."

"책임?"

"그래. 가게에 물건을 놓고 판다는 건, 만든 사람과 쓰는 사람을 이어 주는 거니까. 특히 이런 한정품은 정말로 소중히 다룰 사람이 가져가길 바라는 마음이거든."

이모는 포장한 상자를 여러 색깔의 가느다란 리본으로 한꺼번에 예쁘게 묶었다.

"자, 다 됐다."

"고맙습니다! 정말 멋져요."

포장한 머리핀을 종이가방에 넣은 이모는 계산대에서 나와 그걸 나에게 건넸다.

"이 머리핀은 네가 사 줘서 행복할 거야."

놀라 얼굴을 들자 이모가 웃었다.

"좋아하는 사람이 기뻐할 걸 상상하며 골랐잖아. 그러니까 이 머리핀은 행복한 거지."

엄마 생일에 뭔가 선물하겠다고 마음먹은 건 작년 크리스마스 때다. 건배하고 음식을 먹기 시작했을 때, 고코가 유치원 가방에서 구겨진 도화지 한 장을 꺼내 와 생일 선물이라며 엄마에게 내밀었다. 유치원에서 그린 용 그림이었다.

엄마는 엄청나게 기뻐했다.

오래전에 "무슨 선물이 좋아?"라고 물은 적이 있었다. 아빠와 엄마 생일에 선물한 적은 한 번도 없었지만 엄마 생일에 손수건을 선물했다는 친구들 이야기를 듣고는 나도 선물하고 싶었다.

그때 엄마는 조금 놀란 듯 "그런 거 안 해도 돼."라고 말했다. 엄마 목소리에 다정함이 묻어나서 기뻤다.

선물하고 싶은 마음음 있지만 엄마 말을 그대로 믿고 그해 생일에도 또 그다음 생일에도 그냥 넘어갔다.

엄마는 선물 같은 거 전혀 바라지 않고, 필요 없는 줄 알았다. 어른은 다 그런 줄 알았다.

하지만 작년 생일에 고코가 그림을 선물했을 때, 엄마는 굉장히 기뻐했다. 아무리 봐도 형편없는 그림이었고 엄마에게 선물하려고 그린 것도 아니었을 거다.

엄마에게 선물하기 위해 그렸다면 용을 그리지는 않았을 거다.

그래도 엄마는 기뻐하며 고코를 무릎에 앉히고 꼭 안아 줬다. 몇 번이나 고맙다고 말했고, 그때마다 고코는 "아파아~."라고 투정 부리면서도 의기양양하게 코를 벌름거렸다.

엄마는 선물이 필요 없었던 게 아니다.

그때 처음으로 알았다.

내년에는, 내년 생일에는 꼭 선물을 해야지 하고 마음먹었다. 고코의 그림보다 훨씬 좋은 것. 훨씬 멋진 걸 선물해야지.

그럼 엄마가 웃어 줄 거야. 나를 좋아해 줄지도 몰라.

세면대 거울을 보며 웃는 얼굴을 해 본다.

"앗싸!"

나는 2층으로 뛰어 올라갔다.

엄마가 좋아하는 카망베르 치즈와 아보카도, 그리고 생햄과 바질 카나페를 잔뜩 만드는 거야. 잘 만들면 앞으로 요리하는 걸 허락해 줄지도 몰라. 그럼 열심히 연습해서 내년 엄마 생일에는 내가 요리를 전부 만들어 크리스마스 파티가 아닌 엄마 생일 파티를 해야지.

생각만 해도 가슴이 벅찼다.

그런데 계단을 다 뛰어 올라갔을 때 가슴 같은 곳이 기우뚱 흔들렸다. 복도 오른편에 있는 내 방문이 몇 센티미터쯤 열려 있었다. 분명 아침에 꼭 닫고 학교에 갔을 텐데…….

언제였던가, 문을 제대로 닫지 않았다고 엄마에게 된통 야단맞은 적이 있다. 그 후로는 반드시 짤깍 소리가 날 때까지 문을 닫는다. 완전히 습관이 된 일이다.

톡.

방 안에서 소리가 들렸다.

누가 있다……, 아.

그제야 거실에 고코가 없었다는데 생각이 미쳤다.

벌컥 문을 열자 책상 앞에 털썩 앉아 있는 고코의 자그마한 뒷모습이 보였다. 머리에 리본 달린 분홍색 머리띠가 있다.

“뭐, 하는 거야?”

고코가 홱 돌아봤다.

“그거…….”

고코의 손에 나비 핀이 쥐어져 있다. 무릎 위에 구겨진 포장지와 찢긴 상자와 매듭진 부분과 묶은 부분이 잘려 나간 리본이 아무렇게나 흐트러져 있다.

“왜, 왜 이런 짓을.”

목소리가 떨린다. 팔과 다리도 후들거린다. 발밑에 떨어진 가방 위로 목도리가 스르르 내려앉는다.

“이거, 고코 가질래.”

고코는 전혀 주눅 든 기색 없이 눈을 깜빡거리며 나를 똑바로 쳐다보았다.

어떻게 그런 말을 할 수 있지?

어떻게 아무렇지도 않게 나를 볼 수 있지?

어떻게, 어떻게, 내 소중한 것을…….

나는 고코를 험악하게 노려보고 그 앞에 섰다. 고코는 그대로 앉아서 입을 벌린 채 나를 올려다보았다.

"넌 도둑이야."

입에서 낮고 갈라진 목소리가 새어 나왔다.

"도둑 아냐!"

고코가 뺨을 부풀리며 째지는 소리로 대들었다. 내가 고코의 손에서 나비 머리핀을 홱 낚아채자 고코가 달려들며 부르짖었다.

"고코 거, 고코 거!"

"어지간히 좀 해!"

손을 뿌리치자 고코는 맥없이 바닥으로 굴렀다. 붉어진 눈으로 입을 실룩거리며 엑엑 기묘한 소리를 냈다.

"그래 울어 봐. 울어도 하나도 안 무섭거든. 네가 나쁜 짓을 했으니까."

언니가 평소와 다른 걸 눈치챘는지 고코의 눈동자가 불안스레 흔들렸다.

"고, 고코, 아, 안 나빠."

"나빠. 도둑이니까 경찰이 잡아갈 거야. 엄마가 아무리 감싸 줘도 경찰은 절대 용서하지 않을걸. 조사해 보면 네가 훔쳤다는 거 금방 알 수 있거든."

겁을 내는 고코의 표정을 보니 속이 후련했다. 이런 기분을 맛보는 건 처음이야. 내가 무섭다는 걸 좀 더 알아야 해.

나는 한껏 고양됐다. 그토록 무서웠던 고코가 지금은 그저 떼쟁이에 바보 같은 일곱 살짜리 아이로 보인다.

나는 왜 이까짓 어린애를 무서워했단 말인가. 뭐가 무서워서? 웃음이 다 나올 지경이다.

"감옥에 갈걸. 법에 그렇게 정해졌거든."

고코는 얼굴이 시뻘게진 채, 훌쩍거리며 어깨를 들썩였다.

바보같이. 이딴 뻔한 거짓말에 속다니. 이런 애가 뭐가 무서웠을까.

그동안 내내 고코를 두려워했다. 고코의 기분을 상하게 하면 엄마에게 미움받으니까. 고코는 엄마의 공주님이니까. 엄마는 공주님의 충실한 시녀니까.

하지만 그게 뭐 어쨌다는 건가. 엄마에겐 공주님일지 몰라도 나에게는 그저 떼쟁이에 고집불통, 눈곱만큼도 귀엽지 않은 성가신 동생일 뿐이다.

"고코, 이제 손 안 대."

고코는 몸을 파르르 떨고는 콧물을 흘리며 말했다.

"경찰 아저씨한테 가야지."

가느다란 고코의 팔을 잡았다. 힘을 꽉 주었다.

"싫어~."

고코가 머리를 휘휘 흔들었다. 커다란 리본 머리띠가 이마로 흘러내렸다. 울면서 내 손을 뿌리쳤다.

"그럼, 경찰 아저씨를 데려오지 뭐."

그렇게 말하고 밖으로 나가는 척하자 고코가 울면서 매달렸다.

"놔!"

"싫어~, 싫어~, 싫어~~~."

고코는 그렇게 되풀이하면서 더 매달렸다.

"놓으라고!"

홱 뿌리친 순간, 고코가 "꺄아!" 하고 비명을 지르며 뺨을 감쌌다.

"무슨 일이야!"

계단 아래서 엄마의 목소리와 함께 계단을 뛰어 올라오는 발소리가 들렸다.

"고코, 고코!"

엄마는 으앙! 울음을 터뜨리는 고코를 감싸 안고, 볼을 누르고 있는 작은 손을 감싸 듯하여 펼쳤다.

"앗."

그리고 외마디 소리를 지르며 돌아보았다.

"무슨 짓을 한 거야!"

엄마의 눈동자가 나를 찔렀다.

아앙아앙. 고코의 울음소리가 커졌다. 엄마라는 최강의 아군을 얻은 고코는 대단한 기세로 울었다.

"그게."

"그게 뭐!"

엄마가 꽥 소리치며 내 팔을 꽉 잡았다. 뒤에 있는 고코의 뺨에 희미하게 피가 번졌다. 고코를 뿌리칠 때, 머리핀의 잠금쇠에 긁힌 모양이다.

하지만 그건…….

"히요리!"

"나는 잘못한 거 없어!"

소리친 순간 뺨이 화끈했다. 맞았다는 것을 알아차리기까지는 몇 초가 걸렸다.

엄마는 때린 손을 한 번 쥐고 등을 돌려 고코를 끌어안았다.

"엄, 마."

내가 부르는 소리에 엄마의 등이 작게 움직였다. 그리고 고코를 안은 채 몸의 절반만 돌아보았다.

"넌 무서운 애야."

속삭이는 듯한 그 목소리를 들은 순간 내 몸속 어디선가 툭 소리가 났다.

눈앞에 있는 엄마와 고코에게서 색깔이 빠져나간다. 오렌지색 커튼도, 빨간 쿠션도, 군청색 가방도, 방안의 어디를 봐도 색깔이 없다. 온통 쥐색뿐인 세계에 농담이 있을 뿐이다.

숨쉬기가 괴롭다. 숨을 들이마실 수가 없다. 비틀비틀 방을 나온다.

등 뒤에서 엄마 목소리가 들렸지만 무슨 말을 하는지 알아들을 수 없었다. 현관문을 열자 나뭇잎이 서걱서걱 울리고, 교복 치마가 봉긋 부풀어 올랐다.

나는 그대로 집을 뛰쳐나왔다.

춥다.

버스 길을 걸으면서 내가 떨고 있다는 걸 알았다. 아까부터 귀에 거슬리던 딱딱 딱딱 하는 작은 소리는 입 안에서 이가 부딪치는 소리였다.

후우, 손에 입김을 불었다. 그제야 왼손에 나비 머리핀을 쥐고 있다는 걸 알았다.

이딴 건 이제 아무짝에도 소용없다. ……아니다. 이제, 가 아니라 처음부터였다. 이딴 걸 선물해 봐야 엄마가 나를 좋아해 줄 리 없다. 고코에게 보내는 눈빛을 나에게 보내는 일 따위 없다. 아무리 생각을 해도, 바라도, 기도해도, 엄마는 나를 좋아하지 않는다.

엄마는 나를 싫어한다. 나는 엄마에게 미움받고 있다. 이유는 모른다. 이유 같은 게 있기나 한 건지 그것도 알 수가 없다.

다만, 엄마는 나를 싫어한다.

그것은 분명 변하지 않을 거다. 기다려도 소용없다.

손안에 있는 나비 머리핀을 가만히 우체통 위에 놓았다.

엄마의 관심을 받으려던 머리핀으로 고코를 다치게 했다. 고코를 상처 입히고, 나와 엄마 사이에 가까스로 이어져 있던 실도 끊기고 말았다.

하늘을 올려다본다.

드문드문 어둠 속에 흩어져 있는 작은 별들이 번져 보인다.

초등학교 때, 엄마는 내 친엄마가 아닐 거라고 진지하게 생각한 적이 있다. 고코만 친딸이고 나는 남의 집 아이라서 고코만 귀여워하는 거다. 그렇다면 별수 없다. 그렇게 생각하자 마음이 편해졌다.

하지만 엄마는 나의 친엄마였다. 사람들도 고코는 아빠를 닮았고, 나는 엄마를 닮았다고 했다. 어릴 때는 그 말을 들으면 기뻐서 가슴이 뛰었지만, 당황한 듯이 딱딱하게 억지웃음을 짓는 엄마를 보면서 점점 그런 말을 듣는 것 자체가 끔찍이 나쁜 일인 듯한 생각이 들기 시작했다.

"손톱은 날 꼭 닮았어."

엄마가 고코의 자그마한 손을 잡으며 하는 말 뜻은 나도 알고 있었다.

부우웅, 뒤에서 빨간 줄이 들어간 버스가 쫓아오더니 몇 미터 앞에 있는 정류장에서 멈췄다.

몇 명이 내렸다. 사람들은 잰걸음으로 오른쪽 왼쪽으로 흩어졌다. 스쳐 가는 아저씨의 손에 네모난 상자가 들려 있었다.

케이크. 나도 모르게 그 아저씨를 눈으로 좇고 말았다. 집에 가서 크리스마스 축하 파티를 하겠지. 아빠도 예전에는 저렇게 케이크를 사 들고 왔다. 하지만 고코가 달걀과 땅콩 알레르기가 있다는 것을 알고 난 후로는 엄마가 직접 만들었다.

왼쪽으로 쭉 이어지는 아파트의 몇몇 창문에서 작은 전구가 깜빡깜빡 빛난다.

오늘이 크리스마스이브였다는 걸 떠올린다. 코트도 입지 않은 교복 차림으로, 빈손으로 갈 곳도 없이 걷고 있는 자신이 더욱 비참하게 느껴졌다.

그럼 되돌아가?

지금이라면, 지금 돌아가면 엄마는 아무 말도 하지 않을 거다. 하지만 집으로 돌아가면, 나는 고코에게 미안하단 말을 할 수 있을까? 아무 일도 없었던 듯이 크리스마스 요리를 먹을 수 있을까? 웃을 수 있어? 생일 축하한다고 말할 수 있어?

입술을 꽉 깨물었다. 그렇게는 못 한다. 그러고 싶지도 않다.

케이크를 든 아저씨가 모퉁이를 돌아가는 것을 보고 그제야 앞으로 나아갔다. 그때 끼익, 브레이크 소리가 나고 바로 앞에서 자전거가 멈췄다.

움찔 놀라 몸을 틀자 귀에 익은 목소리가 들렸다.

"뭐 하냐."

도고였다.

갑자기 온몸의 힘이 쑥 빠지더니, 이내 눈물이 주르륵 흘렀다.

"어, 왜, 왜 그래. 그렇게 놀랄 줄 몰랐지."

자전거에 탄 채 내 얼굴을 들여다보기도 하고, 주위를 두리번두리번하는 도고의 허둥거리는 모습이 우스꽝스러워서 울면서 쿡쿡 웃었다.

"아우, 사람 놀라게 할래?"

나는 두 손으로 뺨을 문질렀다.

"미안."

"헉, 어째 진심 무섭다야."

"뭐래."

발끈한 척하자 도고는 히죽 웃었다.

"어디 가?"

"나? 아, 응, 가즈 삼촌이 갑자기 우리도 크리스마스 파티하잰다. 그래서 주문한 피자 찾으러 가는 거야."

도고는 그렇게 말하고, 어? 하고 히요리를 보았다.

"너, 학교에서 오는 길이야? 좀 늦은 거 아냐? 아 그건 그렇고, 왜 그렇게 옷을 얇게 입고 있어?"

"뭔 상관."

"추워 보이는데."

"잔소리는, 얼른 피자나 찾으러 가시지."

내가 걸음을 떼자 따릉따릉 자전거 소리가 따라온다.

돌아보니 도고가 자전거 핸들에 팔을 얹고, 안장에 앉은 채 바닥을 차며 뒤따라오고 있다.

"왜 따라와."

"그쪽은 너희 집 방향 아니잖아."

"그래서?"

"어디 가는 건데."

"말 안 해."

"……야박하긴. 어차피 중요한 일도 아니잖아. 그럼 좀 도와주라. 가즈 삼촌, 바보같이 잔뜩 주문해 놔서 둘이선 절대 다 못 먹거든, 응?"

내가 째려보자 도고는 두 손을 짝 소리 나게 모았다.

"부탁한다."

알고 있는 거다, 도고는.

까불까불하고, 무책임하고, 아무 생각 없는 척하지만 도고는 누구보다도 예민하고 섬세하다.

아마 내가 갈 곳도 없이 걷고 있다는 것을 눈치챈 거다. 알면서도 모른 척해 주고 있다. 안 그러면 내가 비참해진다는 걸 알기 때문에. 하지만…….

나는 도리질 치며 다시 걸었다.

"그럼."

끼익, 도고가 내 앞에서 자전거를 세웠다.

"나도 같이 간다."

"뭐?"

"가즈 삼촌이랑 크리스마스를 보내는 것보단 재미있겠지. 좋아, 어디 가냐? 그래, 먼저 피자 찾아서, 배나 좀 채우자."

"그게 무슨 말이야?"

"우리말이지."

"……바보 아냐?"

"잔말 말고 타."

그렇게 말하고 내 팔을 잡는 도고를 보는 순간 심장이 작게 소리를 냈다.

아무 말이나 막 던지는 것 같았지만 도고의 눈은 진지했다.

"떨어뜨리지 마."

도고는 큰길가에 있는 피자 가게에 들른 후에 다시 자전거를 몰았다. 위잉, 자전거에 불 켜지는 소리가 조용히 울렸다.

"꽤 무겁거든. 그리고 엉덩이도 아프고."

히요리는 왼손에 커다란 피자 상자 두 개를 들고, 오른손으로 도고의 다운재킷 자락을 잡았다. 아까부터 그 손이 떨리는 것은 추위 때문인지, 피자의 무게 때문인지 나도 알 수 없었다.

"조금만 참아, 다 왔으니까."

"어디 가는데?"

도고는 대답하지 않고 페달을 밟은 발에 힘을 꾹 주었다. 바람을 가르는 소리가 거세졌다.

완만한 오르막 도로를, 도고는 허리를 살짝 들고 자전거를 저어 가다가 도중에 좁은 골목길로 들어갔다. 오래된 주택가가 이어졌다. 치킨이나 로스트비프가 아닌 생선구이와 조림 냄새가 나는 곳이다. 그 분위기에 왠지 마음이 편안해졌다.

자전거는 오른쪽 왼쪽으로 몇 번 꺾어 가다 마침내 커다란 메밀잣나무 앞에서 천천히 멈췄다.

"다 왔어."

"여기?"

자전거에서 내려 치마 주름을 펴면서 엉덩이를 문지르고 있는데 등이 후욱 따뜻해졌다.

"추웠던 거 맞네. 어쩐지 심하게 떨더라."

도고가 웃으면서 피자 상자에 손을 뻗었다. 잠자코 피자 상자를 건네고 어깨에 걸쳐진 도고의 다운재킷을 벗으려는데 도고는 오른쪽으로 난 계단을 올라가기 시작했다.

"난 지금 덥거든."

뒤따라가면서 나는 도고의 다운재킷에 얼굴을 묻었다. 몸이 숨을 내쉬는 게 느껴졌다.

쏴아아, 바람에 나무들이 흔들린다. 나뭇잎 소리에 섞여 휘이이잉휘이이잉 흐느껴 우는 듯한 소리에 목이 움츠러들었다.

깜깜해서 주위는 잘 보이지 않지만 바람 소리로 여기는 숲 비슷한 데란 걸 알 수 있었다.

돌아보니 도리이*가 보였다. 도로의 가로등 불빛이 있어 아래쪽은 잘 보였다.

"여긴 신사?"

"맞아."

"맞다니, 신사엔 왜?"

"왜긴, 너 풀 죽어 있었잖아."

나는 침을 꿀꺽 삼키고 몇 계단 앞서서 올라가는 도고를 올려다보았다. 검은 실루엣에 감춰진 표정은 알 길이 없었다.

"그래, 풀 죽어 있었다. 왜, 안 돼?"

*신사 입구에 있는 기둥 문. – 옮긴이.

"안 될 거 없지. 신사는 신이 있는 데잖아, 근데 왜 무섭냐."

"그거야 뭐."

어둡지, 으스스하지, 귀신 나올 것 같지, 라고는 말하지 않았다.

"됐고, 얼른 가자."

"기다려."

나는 쑥쑥 올라가는 도고를 뒤쫓아 갔다.

계단을 다 올라가자 정면에 희미한 불빛이 보였다. 거기에는 층계가 세 단 있고, 그 위에 새전함*과 안에 작은 사당이 있었다. 도고는 "이쪽."이라며 내 손을 잡아끌고 사당 앞으로 가더니, "신세 좀 지겠습니다~."라며 절을 한 번 하고는 새전함 뒤로 갔다.

"야! 뭐 하는 거야."

"아, 좀 들고 있어 봐."

도고는 피자 상자를 나에게 억지로 떠맡기고 사당 문을 열었다.

"하지 마, 벌 받는다고."

흔들흔들, 흔들.

"이영차." 하는 소리와 동시에 사당 문이 열렸다. 도고가 안으로 들어갔다. 나도 한숨을 내쉬며 뒤따라 들어갔다.

먼지가 수북하지 않을까 싶었지만 의외로 그렇지 않았다. 나무

*일본 신사 본당 앞에 놓인 돈을 넣는 상자.

냄새가 났다. 그러나 그보다 손에 들고 있는 피자 냄새가 강렬했다.

"분명 이쯤에 있을 텐데."

딱.

작은 소리가 나고 오렌지색 불이 환하게 들어왔다. 사당 안은 세 평 정도의 크기로, 제단만 없었다면 영락없이 살풍경한 오두막이었다. 하지만 칠이 벗겨진 마룻바닥도, 천장에 매달린 전구도 먼지는 별로 뒤집어쓰고 있지 않았다.

도고는 한구석에 쌓여 있는 방석 하나를 내 발밑으로 밀어 줬다. 그리고 잠자코 앉더니 후후훗 웃었다.

"여긴 내 피난처 같은 곳이야."

의아한 표정으로 고개를 갸웃거리는 내 앞에 도고도 방석을 깔고 털썩 앉았다.

"피자 먹자."

"아, 응."

비닐봉지에서 피자 상자를 꺼내 놓자 도고는 상자를 열고 뚜껑 부분을 찢었다. 그 위에 피자를 한 조각 담아 제단 앞에 놓고는 손을 모았다.

"됐어."

도고는 빙글 돌더니 배고프다며 방석 위에 책상다리를 하고 앉아 피자를 집어 들었다.

"메리 크리스마스."

그렇게 말하고 피자를 덥석 베어 무는 도고를 빤히 바라보다가 나는 그만 풉 하고 웃음을 터뜨렸다.

"왜."

"여긴 신사거든."

"그래서?"

"메리 크리스마스는 좀 아니지 않아? 크리스마스는 기독교 기념일이잖아."

"……뭘 그런 걸 신경 쓰냐."

"그래, 아무렴 어떠냐."

"그래그래."

도고는 고개를 끄덕이면서 피자를 입안에 욱여넣었다.

한 상자를 깨끗이 먹어 치우고, 두 번째 상자도 꾸역꾸역 3분의 1쯤 먹었다.

"아~, 난 더는 못 먹어."

"나도."

우리는 바닥 위에 큰 대 자로 드러누워 크크크 웃기 시작했다.

"아아, 진짜 우리 지금 뭐 하는 거냐."

"그러게."

"난 진심, 한 일 년은 피자 쳐다보기도 싫을 듯."

"난 피자의 '피'자도 듣기 싫을 듯."

우리는 얼굴을 마주 보고 또 풉 하고 웃음을 터뜨렸다.

잠시 후에 도고가 몸을 일으켰다.

"오늘 너네 엄마 생일이랬지."

"……."

서걱서걱서걱, 머리 위에서 아까보다 크게 나뭇잎 부딪치는 소리가 떨어진다.

"말하기 싫으면 안 해도 돼."

몸을 틀어 도고를 등지고 누웠다.

"저기 말야, 우리 아빠, 재혼했다, 1년 전에."

도고의 말에 내 몸이 저절로 꿈틀 움직였다.

"딱히 반대할 마음도 없었고, 그런 일로 충격받는다는 것도 어린애 같잖냐. 재혼 상대는 유키 아줌마란 사람인데, 좋은 사람이야."

나는 도고를 등진 채로 천천히 일어났다.

"아빠보다 열 살이나 어리고, 외모는 20대라고 해도 믿을 정도로 젊어 보이는데, 왜 우리 아빠랑 결혼했는지 도통 이해가 안 가. 나한테도 무지 신경 써 준다는 것도 알고, 집안일도 완벽하게 해. 근데."

도고는 거기서 말을 끊고 한숨을 후욱 내쉬었다. 나는 말없이 도고 쪽을 돌아보았다.

"우리 집 같지가 않더라."

"도고."

"아 그게, 그 아줌마한테 나쁜 마음이 없다는 것도 알지. 뭐, 그 아줌마는 아줌마대로 열심히 한 거뿐이겠지. 근데 난 그런 걸 바라지도 않았고, 오늘부터 집안일은 자기가 다 하겠다잖아……. 집에 있으면 긴장이 되더라."

도고는 바닥에 펼쳐놓은 딱딱해진 피자에 시선을 떨어뜨리고 쓴웃음을 지었다.

"그럼, 싫어하는 사람이 유키 아줌마야?"

"아니."

"그럼?"

"태어날 거래, 동생이. 그 소식을 들었을 때, 하나도 기쁘지 않더라. 아빠랑 유키 아줌마는 얼간이처럼 좋아하던데, 암튼 내 마음은 그랬어. 갑자기 식구가 늘어나고, 먼저 살고 있었던 사람 따위 아랑곳없이 계속 새로워져 갔어. 그게 왠지…… 그래서 집 나와서 여기서 일주일쯤 있었어. 가즈 삼촌네서 살게 된 건 그 후고."

"……."

"좀 전에 유키 아줌마를 싫어하냐고 했지? 아니라고 했지만,

싫어. 아빠도 태어날 아기도 다. 근데, 가장 싫은 건, 아마 나 자신 일걸."

얼굴을 번쩍 든 도고는 나와 눈이 마주치자, "헉, 진지하게 떠들어버렸네."라고 소리치면서 바닥 위로 털썩 쓰러져 뒹굴뒹굴 굴렀다.

"고마워."

"응?"

움직임을 멈추고 상반신을 드는 도고를 보며 나는 고개를 내저었다.

"암 것도 아냐."

"응. ……히요리."

"왜?"

"나 아니어도 되니까 누구한테든 얘기해. 얘기하는 게 좋아. 이해를 받을지 못 받을지는 모르지만, 좀 가벼워지긴 해. 나도 너한테 털어놓고 나니까 왠지 마음이 편해진 느낌이거든."

도고는 요란하게 재채기를 했다.

"아, 미안, 이거."

내가 어깨에 걸치고 있던 다운재킷을 벗어 주려 하자 도고는 벌떡 일어났다.

"그냥 입고 있어. 난 줘도 안 입을 거니까."

그러고는 바지 뒷주머니에서 휴대 전화를 꺼내 말끄러미 바라보았다.

"가즈 아저씨?"

내가 묻자 도고는 살짝 고개를 갸웃했다.

"아까 말없이 끊어 버렸으니까, 수십 통은 와 있어야 하는데."

"연락하는 게 좋지 않을까?"

"어, 응."

모호하게 대답하면서 도고는 휴대 전화를 도로 주머니에 넣었다.

"안 해도 돼?"

"해야겠지. 근데, 너 아직 집에 안 갈 거잖아."

"……."

"그럼, 됐어."

"안 돼, 넌 그만 집에 가. 가즈 아저씨가 걱정하셔. 나는 괜찮아."

"뭐가 괜찮다는 거야."

도고의 목소리가 거칠었다.

"진짜로 아무렇지 않다면, 그런 말 안 해."

도고가 내 팔을 꽉 잡았다.

"……그래, 괜찮지 않아. 아무렇지 않다고 생각해 왔는데 전혀 괜찮지 않아."

나는 조용히 말했다.

"난 엄마가 나를 좋아해 주길 바랐어. 웃어 주길 바랐고, 이야기를 들어 주길 바랐어. 근데, 헛된 바람이란 걸 알았어."

도고는 잡고 있던 팔을 살짝 당겼다.

"히요리."

"엄마가 나를 싫어하니까, 나쁜 점을 고치면 좋아해 줄 줄 알았어. 엄마 말을 잘 들으면 웃어 줄 줄 알았어. 그런데, 그렇지 않다는 걸 알았어."

"그런 일이."

도고의 말에 히요리는 작게 웃었다.

"그런 일이 있어. 뭘 잘못해서가 아니라 나란 존재 자체가 나쁜 거지. 그런 부모자식도 있어."

내 어린 시절 일이 떠올랐다.

엄마는 늘 언짢고, 무서운 얼굴을 하고 있다고 생각했다. 언제나 자신에게 화가 나 있다고 생각했다. 하지만 그렇지 않았다. 엄마는 언제나 슬픈 얼굴로 괴로워했다. 나와 함께 있을 때의 엄마는 늘 괴로워 보였다. 괴롭히고 싶지 않은데 엄마를 괴롭혔던 거다.

그렇다면…….

사당의 문을 조금 열었다. 휘잉 찬바람이 들어왔지만 도고는 아무 말도 하지 않았다.

"눈."

"응?"

도고도 내 뒤에서 밖을 내다보았다.

"눈이다."

맞장구치듯 내가 고개를 끄덕했다.

"예쁘다."

"그래."

나는 대꾸하고 잠시 내리는 눈을 말없이 바라보고 있었다.

"우린 아직 어린애구나."

"왜?"

내가 돌아보자 도고는 "춥다."라고 팔을 문지르며 문을 닫았다.

"어린애는 굉장히 자유롭지 못한 거 같아서."

"그치……."

시선을 떨어뜨린 내 입에서 하얀 김이 두둥실 새어 나온다.

"난 빨리 어른이 되고 싶어. 어른이 돼서, 강해져서, 지켜 주고 싶은 사람을 지켜 줄 수 있는 사람이 되고 싶어. 너도."

나는 얼굴을 들었다. 똑바로 바라보는 도고의 시선에 작게 숨을 죽였다.

"너도 지켜 줄게."

길모퉁이

아이코

“아이코.”

누군가 어깨를 꽉 잡았다. 고개를 들어보니 신야였다.

“왜 그래, 무슨 일 있었어?”

시계를 보니 7시가 넘었다. 무릎을 베고 잠든 고코의 뺨에 붉게 긁힌 자국이 나 있다.

“히요리, 히요리는?”

“어?”

신야의 목소리에 긴장의 빛이 섞였다.

“그 애, 나…….”

신야는 히요리의 방을 뛰쳐나가 “히요리!” 하고 부르면서 계단을 뛰어 내려갔다.

나는 쥐고 있던 오른손을 펼쳤다.

이 손으로, 그 애를 때렸다. 참을 수 없었다. 때리지는 말자고,

지금껏 그토록 자신을 타일렀건만 정신이 들었을 때는 어느새 그 애의 뺨을 때리고 있었다.

책상 서랍이 열린 채로 있다. 그 주위에 포장지며 리본이며 작은 상자가 흩어져 있다. 고코가 히요리의 물건에 함부로 손을 댄 게 분명하다.

전에도 비슷한 일은 여러 번 있었다.

히요리의 공책이며 교과서에 고코가 그림을 그린 일도 있었다. "엄마." 하고 울 것 같은 얼굴로 히요리가 호소한 적도 있다. 그때 나는 방문을 잘 닫지 않아서 생긴 일이라며 도리어 히요리를 나무랐다. 동생을 탓하기 전에 손대면 안 되는 물건은 잘 정리해 놓으라고 엄하게 말했다.

이후로 히요리는 방문을 꼭 닫고 다녔고, 자신의 방인데도 책상 위에 물건을 두는 일은 없었다. 고코에게도 언니 물건을 함부로 만지면 안 된다고 일렀지만 고코가 히요리의 방에서 메모장이며 지우개를 들고 나오는 일은 종종 있었다. 그때마다 나는 고코를 타이르고 제자리에 갖다 놨다.

히요리가 그걸 눈치채고 있었는지 아닌지는 모른다. 하지만 알고 있었을 것이다. 얇아진 메모지를, 귀퉁이가 둥글둥글해진 지우개를 주인이 모를 리 없다. 하지만 그 일로 히요리가 나에게 하소연하는 일은 없었다.

오늘도 조금만 냉정했더라면 상황을 알 수 있었을 터다. 하지만 고코의 뺨에 난 상처를 보자 욱하고 치밀어 올랐다. 냉정할 수가 없었다.

소름이 돋는다. 자칫하면 그 애에게 더 심한 짓을 했을지도 모른다.

무섭다.

내가 무섭다.

타타닷 계단을 올라오는 소리가 나고 곧이어 신야가 뛰어 들어왔다.

"없어, 이봐 아이코!"

방바닥에 앉은 채로 신야를 올려다본다.

신야는 그런 나를 보더니 하려던 말을 삼키고 "찾아볼게."라고만 했다.

"엄~마."

무릎 위에서 고코가 눈을 비비면서 꼬물꼬물 움직였다. 아기처럼 무릎 위로 올라오는가 싶더니 번쩍 얼굴을 들고 입을 실룩실룩한다.

"엄마, 엄~마, 엄~마."

고코가 매달렸다.

"왜 그래, 괜찮아."

머리에 손을 얹고 토닥여 줬다.

"엄~마, 울지 마, 울지 마아."

고코의 머리에 얹었던 손을 내 뺨에 대 보니 손가락이 젖었다.

"안 울어. 엄마 울지 않으니까 걱정하지 마, 괜찮아."

그러고는 지렁이 모양으로 부어오른 고코의 뺨을 어루만졌다.

"약 바르자."

고개를 끄덕거리고 고코는 내 가슴에 얼굴을 비볐다.

거실로 내려가자 식탁 위에 크래커며 치즈며 생햄과 방울토마토 등이 그대로 있다. 카나페 재료다.

카나페는 네가 알아서 해, 라고 했을 때 히요리가 웃던 얼굴이 뇌리를 스친다. 순간 놀란 얼굴이더니 이내 빛을 내며 눈이 부실 정도로 환하게 웃었다.

이렇게 웃을 수 있는 아이였나 싶어 놀라면서도 마음이 놓였다. 그리고 그런 자신에게 뿌듯했다. 어쩌면 조금씩이라도 변해갈 수 있지 않을까, 그런 기대도 했다.

제 자식을 사랑하고 싶지 않은 부모가 어디 있을까. 사랑하고 싶지 않은 게 아니라 사랑할 수 없는 것이다.

그래서 괴롭다.

고코가 치마를 두 번 잡아당겼다.

"엄마, 배고파."

"뺨에 약 먼저 바르고."

고개를 끄덕이는 고코를 보며, 어쩜 이리 귀여울까, 생각한다. 절로 미소가 떠오른다.

고코를 사랑하고 싶다, 사랑해야지, 라고 생각한 적이 있었던가.

한 번도 없었다. 그냥 무의식중에, 아주 자연스럽게, 당연하게, 사랑하는 마음이 일어난다. 그뿐이다. 사랑하고 싶다, 사랑해야지, 라고 생각하는 것 자체가 이미 잘못된 것이다.

걷어 뒀던 거실 커튼을 친다.

"이리 와."

약상자를 들고 소파에 앉자 고코가 무릎 위로 왔다. 지렁이 모양으로 상처 난 고코의 뺨을 거즈로 살살 소독하고 연고를 바른다.

곱디고운 통통한 뺨에 내 뺨을 대면 고코는 간지러운 듯 몸을 비틀면서 웃곤 했다.

히요리의 뺨도 부드러웠다. 그 뺨을 나는 다정하게 쓰다듬어 주지 못하고 때렸다.

"약 발랐으니까 만지면 안 돼."

"응."

고코는 벌떡 일어나 선반에서 〈겨울 왕국〉 DVD를 꺼내 왔다.

"틀어 줘."

DVD를 세팅하려고 텔레비전 앞으로 가자 검은 화면에 크리스마스트리가 비쳐 깜빡깜빡 빛나는 전구가 번져 보였다.

오른손을 펼쳐보았다.

이 손으로 히요리를 때렸다.

"엄, 마."

매달리는 듯한, 포기한 듯한, 도움을 청하는 듯한 목소리였다.

"언니."

문득 그 목소리가 스즈네의 목소리와 겹쳐졌다.

세 살 아래 여동생.

스즈네는 일곱 살 여름에 강에서 죽었다. 스즈네가 죽은 날, 나는 스즈네에게 화가 나 있었다.

그날은 같은 반 친구들과 수영장에 가기로 약속이 돼 있었다. 스즈네는 엄마와 함께 여름 감기로 누워 있는 할머니의 병문안을 하러 가기로 돼 있었다.

"언니랑 수영장에 갈래."

스즈네가 고집을 피우는 바람에 마지못해 수영장에 데리고 갔다. 하지만 마을에서 운영하는 수영장에 가자, 올해부터 초등학생 미만의 어린이는 어른과 동반 입장을 해야 한다는 것이었다. 나와 스즈네를 보고, 어쩔 거냐고 난감해하는 친구들에게 나는 생긋 웃어 보이며 “난 다음에 와야겠다. 너희끼리 들어가.”라며 손을 흔들고 돌아섰다.

그날은 아침부터 30도가 넘는 더운 날씨여서 수영장에서 물놀이 하기에 제격이었다.

쨍쨍 내리쬐는 햇볕을 받으며 스즈네와 함께 집을 향해 걸어갔다. 평소 같으면 손을 잡고 걸었을 테지만 그때는 그럴 기분도 아니어서 내 손을 잡는 스즈네의 손을 뿌리치고 빠른 걸음으로 걸었다.

“언니~ 기다려.”

뒤에서 타박타박 걸어오는 스즈네의 발소리와 목소리가 들렸지만 나는 돌아보지도, 멈추지도, 걸음을 늦추지도 않았다. 잘 아는 길이니 길 잃을 걱정은 없으리라 생각했다.

“언니~.”

멀리서 스즈네의 울음에 가까운, 외치는 소리가 들렸다. 쌤통이다. 나를 방해한 벌이다. 그렇게 생각하자 속이 후련해졌다.

그런데 실제로 벌을 받은 건 나였다.

집에 도착하고 10분이 지나도, 20분이 지나도, 30분이 지나도 스즈네는 돌아오지 않았다. “언니~.” 하고 부르는 스즈네의 그 목소리가 귓속에 박혀 떨어지지 않았다.

여태 뭐 하는 거야? 왜 안 오지? 무슨 일이 생겼나?

현관 앞에 나가 스즈네가 걸어올 길을 보고 있었다. 그러다 문 잠그는 것도 잊고 아까 왔던 길을 마구 내달렸다. 스즈네, 스즈네, 스즈네! 심장이 쿵, 쿵 울리고 땀이 뿜어져 나왔다. 얼굴과 머리 속이 내리쬐는 햇볕에 따끔따끔했다. 그래도 아랑곳하지 않고 뛰었다.

“언니~.”라고 부르던 그 목소리가 계속 머릿속에서 맴돌았다.

스즈네는 그날 늦게야 발견됐다.

수영장에서 집까지 몇 번을 오가며 찾아보고, 도중에 있는 공원의 나무들 뒤까지 샅샅이 찾아봤다. 결국 할머니 병문안 갔다 돌아온 엄마에게 울면서 스즈네가 없어졌다고 알렸다. 엄마와 아빠는 곧장 경찰에 연락했고, 즉시 소방대원들까지 나와서 온 마을을 찾아다녔다.

스즈네는 강 하류 5킬로미터 지점에서 시신으로 발견됐다. 사건과 사고, 두 방향으로 조사가 이뤄졌다. 사고로 결론이 났다.

그러나 스즈네가 왜 강 하류까지 떠내려갔는지, 강에는 왜 갔는지, 왜 죽었는지, 내게 말해 주는 사람은 없었다. 공원 뒤편에서 강가로 내려갈 수는 있지만 어둑어둑하고 제멋대로 자란 초목이 우거진 비탈을 겁 많은 스즈네 혼자서 내려갔다는 게 도무지 상상이 되지 않았다.

그 이유를 알게 된 건 스즈네가 죽고 얼마가 지나서였다. 엄마도 아빠도 말해 주지 않았지만 옆집 사는 6학년 언니가 알려 줬다.

사고로 결론이 난 건, 스즈네가 떨어졌을 것으로 예상되는 강가에 강 쪽으로 뻗은 나무가 있었는데, 그 나뭇가지에 스즈네의 연분홍색 모자가 걸려 있었기 때문이라고 했다.

연분홍색 모자는 내가 아끼던 모자였다. 스즈네에게 주기 싫었지만 작아진 모자를 갖고 있어 봐야 아무짝에도 소용없다는 엄마 말에 마지못해서 스즈네에게 물려주었다. "잃어버리면 용서하지 않을 거다."라는 말과 함께.

그날 언니인 나는 화가 나 있었다. 스즈네는 어쩌다 모자를 강가에 떨어뜨렸고, 그걸 나에게 말하지 못하고 혼자서 찾으러 갔다.

아마 그것이 진상일 것이다.

그때 스즈네의 손을 잡고 있었더라면, 멈춰 서서 조금만 기다려 줬더라면, 더워서 그렇게 짜증을 내지만 않았더라도. 언니~라고 부르는 소리에 돌아보기만 했더라도…….

모자가 날아간 건 그때였는지도 모른다.

"히요리……."

입속으로 이름을 불러본다. 심장이 꽉 죄어오는 듯이 아프고 정체를 알 수 없는 불안이 엄습해 온다.

그때와 같다. 등줄기가 서늘해진다.

주방 조리대에 있는 휴대 전화를 들었지만 손가락이 그대로 멈췄다. 어디에, 누구에게 걸어야 할지 모르겠다. 히요리가 갈만한 데는 한 군데도 떠오르지 않는다.

뚜르르르 뚜르르르.

집 전화가 울린다. 몸이 움찔 반응하고 곧바로 튕기듯이 수화기를 집어 들었다.

"바쁘신 시간에 죄송합니다. 이번에 역 앞에 개원한 드림영어회화 스쿨입니다. 중학생 자녀를 둔 보호자님께 설문 조사를 부탁."

"됐어요!"

나도 모르게 말투가 거칠어졌다.

"배고파."

DVD를 보던 고코가 고개를 돌리고 어리둥절한 얼굴로 말한다.

그 말에는 대꾸하지 않고 거실을 나가 코트를 걸치고 되돌아왔다.

"금방 올 테니까, 엄마 올 때까지 집 보고 있어."

내 말에 고코가 입술을 삐죽 내밀었다.

"혼자 있을 수 있지?"

"엄마, 어디 가?"

"언니 찾아올게."

"고코도~! 고코도 갈래!"

"안 돼!"

단호한 내 목소리에 고코가 움찔했다.

나는 작게 숨을 들이쉬고, 소파에 앉아 있는 고코 앞으로 가서 앉았다.

"초인종이 울려도 문 열어 주면 안 돼."

"엄~마~."

불안했던지 고코의 목소리가 갈라졌다. 나는 고코의 머리를 다정하게 쓰다듬어 주고 일어났다.

거실문을 닫자, "엄마~."라고 부르며 흐느끼는 듯한 고코의 목소리가 들려왔다. 잠시 걸음을 멈췄지만 거실로 되돌아가지 않고 펌프스에 발을 꿰고 현관문을 열었다.

희끗희끗한 것이 눈앞에서 나풀나풀 춤추었다.

"눈……."

잘게 찢은 솜 같은 눈이 소리 없이 하늘에서 떨어져 내렸다.

하늘을 올려다보았다. 희미한 가로등 불빛 아래로 떨어지는 눈이 번져 보였다.

그 더운 여름날과는 정반대의 풍경이었지만 왠지 그날이 연상됐다. 집과 수영장을 수없이 오가는 동안에 하늘은 붉게 물들어 갔고, 다리 너머 풍경이 아른아른 흔들려 보였다. 그 아지랑이가 환상적이고 신비로울 정도로 예뻐서 오싹했다.

그날의, 그때의, 그 색깔이야. 빨리 찾아야 해…….

나는 비슬비슬 밖으로 나왔다. 걸음이 자꾸 빨라지더니 모퉁이를 돌 때는 이미 뛰고 있었다.

결별

히요리

덜컹, 끼이익.

열린 나무문 너머에서 가즈 아저씨가 뛰어 들어왔다.

“삼촌.”

도고가 별반 놀라는 기색도 없이 중얼거리고는 내 팔을 확 잡아 끌었다. 나는 도고와 가즈 아저씨를 번갈아 보았다.

“알고 있었네, 여기.”

“당연하지, 내가 여길 몇 번을 왔는데.”

“하긴.”

도고는 피식 웃고는 어리둥절해 하는 나를 봤다.

“나, 가출할 때마다 여기로 왔거든.”

“가즈 아저씨, 저 여기 있는 거 알고 계셨어요?”

“응, 뭐.”

내가 도고를 째려보자 도고는 황급히 “나 아냐.” 하며 도리질

쳤다.

"그럼 어떻게!?"

가즈 아저씨가 부드러운 눈빛을 하고 말했다.

"도고 녀석은 피자 찾으러 가서 안 오지, 휴대 전화도 안 받지, 대체 왜 이렇게 오래 걸리나 답답해하고 있는데, 네 아빠한테 전화가 왔지 뭐냐."

안쪽으로 들어온 가즈 아저씨는 남아 있는 피자와 빈 상자를 보고 껄껄 웃었다.

"가즈 아저씨, 저."

"미안미안, 아니, 이걸 둘이서 다 먹었나 생각하니까 웃음이 나와서. 굉장한 식욕인걸."

그렇게 말하고 바닥에 털썩 앉아 차갑게 식어 버린 피자에 손을 뻗었다.

"딱딱하네."

"식었으니까."

도고가 말하자 가즈 아저씨는 손에 든 피자를 입에 욱여넣고 나를 보았다.

"아빠한테 전화가 왔는데, 히요리 안 왔느냐고 묻더라. 어째 너희 둘이 같이 있을 거 같더라고. 감, 좋지?"

"삼촌, 그래서 뭐라고 했어?"

"응? 그야 뭐, 안 왔으니 안 왔다고 했지."

나는 긴장이 조금 풀렸다.

"뭐, 짚이는 데는 있다고 했다만."

"삼촌!"

"당연하지!"

가즈 아저씨는 거칠게 나오는 도고를 한마디로 제압했다.

"신야가 걱정하면서 찾아다니는데."

내가 작게 고개를 흔들었다.

"걱정 같은 거."

"하지. 당연하잖아, 부모는 늘 자식 걱정이거든."

"……부모라고 다 그렇진 않을걸요."

가즈 아저씨의 등줄기가 쭉 펴지고, 내 팔을 잡은 도고의 손에 힘이 들어갔다.

"없어지니까 걱정된대요?"

"히요리."

"집에 있으면 걱정 안 되고요?"

끼이익!

등 뒤에서 나는 소리에 돌아보니 아빠가 서 있었다.

"히요리."

나는 스윽 시선을 피했다.

가즈 아저씨는 작게 혀를 차고는 일어나 도고와 내 사이로 와 섰다.

"신야! 우리 집에서 기다리라고 했지."

"……."

"내가 데리고 가겠다고 했잖아, 응?"

말투가 거칠어졌다.

"하지만."

"하지만 뭐? 오늘 같은 날 집을 나왔단 건, 예삿일이 아닐 거 아냐!"

"……."

"히요리가 아이코하고, 아니 엄마랑 문제가 좀 있더라도 네가 제대로 처신했으면."

가즈 아저씨의 말에 아빠의 표정이 굳어졌다.

"신야, 너도 눈치챘을 거 아냐? 알고 있었지? 남인 나도 히요리와 아이코 사이가."

"그만해!"

아빠가 버럭 소리쳤다. 가즈 아저씨가 반 발짝 다가섰다.

"가족이라서……, 가족이라서 못 하는 말도 있다고."

신야가 확 얼굴을 들었다.

"남인 네가 말하지 않아도 나도……! 난 그저, 가정을 깨뜨리고 싶지 않았을 뿐이야."

쥐어짜는 듯한 아빠의 말에 그날 밤 일이 떠올랐다. 가즈 아저씨 집에서 카레 우동을 먹은 날이다. 아빠는 늦도록 가즈 아저씨와 술을 마시고, 기분 좋게 집에 돌아와서는 별안간 울기 시작했다. 나는 아빠가 우는 모습을 그날 처음 봤다.

"신야."

가즈 아저씨가 아빠 어깨에 손을 얹고 작은 소리로 말했다.

"가정이 깨지기 전에 히요리가 먼저 깨져."

아빠는 얼굴을 들고 가즈 아저씨를 노려보았다. 가즈 아저씨는 그 눈을 맞받아 보며 아빠 어깨에 얹은 손에 힘을 주었다.

"그래도 괜찮냐?"

나직하고 작았지만 가즈 아저씨의 목소리는 확실하게 내 귀에도 와 닿았다.

"누가 괜찮대?"

아빠는 그렇게 울부짖고 가즈 아저씨의 손을 뿌리쳤다.

"당연히 괜찮지 않아."

뚜르르르 뚜르르르.

아빠가 바지 뒷주머니에서 휴대 전화를 꺼내면서 뒤로 돌아섰다.

"여보세요, 네 맞습니다. 네에……, 그게 무슨, ……그럼 아이코는, 아내는."

긴박한 목소리에 나도 모르게 숨을 죽이고 옆에 있는 도고의 윗옷 자락을 잡았다.

"알겠습니다. 네, 바로 가죠."

아빠가 휴대 전화를 귀에서 떼고 돌아섰다. 핏기가 가신 듯 안색이 영 좋지 않았다.

"왜 그래, 무슨 일 있나?"

가즈 아저씨의 물음에 아빠는 휴대 전화를 든 채 왼쪽 손등을 이마에 대고 눈을 한 번 감았다 떴다.

"아이코가."

아빠 입에서 새어 나온 말에 내 심장이 꽉 오그라들었다.

"아이코가 어떻게 됐는데, 이봣!"

덤벼들 듯한 가즈 아저씨의 기세에 아빠가 강하게 고개를 저었다. 가즈 아저씨는 몸에서 힘이 빠져나가는 것처럼 보였다.

"히요리, 아빠랑 가자."

"어딜."

"병원. 엄마가 공원 계단에서 굴러서 병원에 실려 간 모양이야. 아, 생명에는 지장 없대. 걱정 안 해도 돼."

그렇게 말하며 다가오는 아빠에게서 도망치듯 나는 도고의 등 뒤로 숨었다.

"히요리?"

"……싫어."

"뭐?"

"난 안 가."

내가 중얼거리듯 나직이 말하자 도고는 흘끗 돌아보았다. 그리고 나를 감싸듯 왼손을 옆으로 뻗었다.

아빠의 시선이 도고 어깨로 옮겨갔다. 스윽 눈이 가늘어지더니 험악한 표정으로 노려보았다.

"히요리, 아빠랑 가자."

"가고 싶지 않다잖아요."

도고는 아빠의 눈을 피하지 않았다.

"히요리."

"안 가."

이번에는 나도 또렷한 목소리로 거절했다. 아빠는 어찌 해야할지 몰라 당황스러운 모양이었다.

"병원에만, 그냥 가 보기만 하는 건 어떻겠냐? 너도, 엄마가 걱정되지?"

가즈 아저씨는 "그렇지?" 하고 나와 아빠를 번갈아 보았다.

"난 안 가."

아빠는 조용히 숨을 내뱉고 나를 보았다.

"엄마가, 그렇게 싫어?"

"……."

"미안하다, 나무라는 게 아냐. 넌 잘못한 거 없어. 하지만."

숨쉬기가 힘들다. 가슴을 누르고 몇 번이나 숨을 크게 들이마셔 봐도 숨이 잘 쉬어지지 않는다.

"싫어하는 거, 아냐."

"뭐?"

"나는 엄마를 싫어한 적 없어. 엄마가 날 싫어한 거지."

"그런 일은."

"없다고 말하지 마!"

내던지는 듯한 내 말투에 아빠는 멈칫했다.

"아빠는 맨날 그래. 좋은 점만 보려고 해. 보고 싶지 않은 부분은 보이지 않는 척해. 비겁해, 혼자만."

"……."

주먹 쥔 내 손이 희미하게 떨렸고, 도고는 내 손을 꽉 쥐었다.

내가 도고를 보자 도고는 고개를 한 번 끄덕했다.

하고 싶은 말이나 생각하는 거, 마음에 담아뒀던 거, 모조리 다 뱉어내, 내가 있잖아.

도고가 그렇게 말하는 것 같았다. 나도 도고의 손을 꽉 잡았다.

"지금껏 엄마가 날 좋아해 주길 바랐어. 그래서 노력했던 거야. 늘, 언제나 엄마가 어떡하면 기뻐할까, 어떡하면 칭찬해 줄까, 어떡하면……. 그런 생각뿐이었어. 왜 고코한테만 그래? 왜 나는 안 돼? 엄마는 왜."

"……."

아빠의 입이 조금 벌어졌다.

"착하게 굴면 엄마가 좋아해 줄 줄 알았어, 지금까지 줄곧. 근데 그렇지 않다는 걸 알았어. 엄마는 나를 좋아할 수가 없는 거야. 이유 같은 거 몰라, 그리고 이제 그딴 거 상관도 없고."

흐읍 숨을 들이마시자 머리끝에서 발가락 끝까지, 구석구석으로 산소가 퍼져나가는 듯했다.

"아빠. 난, 엄마가 나를 좋아해 주길 바라는 게 잘못이란 걸 알았어."

그래서 그 바람을, 엄마에 대한 마음을, 엄마 생일 선물로 산 나비 핀과 함께 버렸다.

나는 엄마를 버렸다.

"내가 병원에 가는 거, 엄만 바라지 않아. 엄만 나를 보고 싶어 하지 않는다고."

떼쓰는 아이처럼 아빠는 몇 번이고 몇 번이고 도리질을 쳤다. 꽉 쥔 손가락이 하얗다.

"신야, 히요리는 우리 집에서 데리고 있을 테니까 걱정하지 마. 히요리, 괜찮지? 병원에 가기 싫으면 우리 집으로 가자. 널 여기에 둘 순 없다."

나는 가즈 아저씨를 보고 고개를 끄덕였다.

"자, 얼른 가. 아이코 상태를 알게 되거든 바로 연락해 주고. 알았지?"

"응."

아빠는 꺼질 듯한 목소리로 대답하고 나를 보았다. 나도 시선을 피하지 않았다.

"히요리 좀 부탁한다."

"걱정 마."

아빠는 가즈 아저씨에게 등을 떠밀려 밖으로 나갔다. 까드득까드득 자갈 밟는 소리가 잠시 멈추었다가 까뜨뜩 하고 강한 소리로 바뀌는가 싶더니 이내 들리지 않았다.

"이거 입어 둬."

가즈 아저씨는 긴 코트를 벗어 도고의 어깨에 걸쳐 주고, "가자." 하고 밖으로 나갔다. 도고가 가즈 아저씨의 코트를 입고 잠자코 단추 채우는 모습을 보니 안심이 되는 한편 부러운 마음으로 밖으로 나갔다.

이치지쿠에 도착한 가즈 아저씨는 연신 재채기를 하면서 욕조에 따뜻한 물을 받아 놓고 나에게 들어가라고 했다.

"저는 나중에 해도 돼요."

"바보야, 너한테 감기 옮기면 내 체면이 뭐가 돼. 괜한 신경 쓰지 마. 도고, 네 운동복이라도 갖다줘라."

"내 거?"

"내 거보단 낫겠지."

도고는 부엌 의자에 걸려 있는 보푸라기투성이 운동복을 보고 "하긴." 하면서 건넌방에서 진회색 상하의를 들고 나왔다.

"자."

"고마워……."

나는 건네받은 운동복을 물끄러미 바라보았다.

"왜."

"세탁한 거지?"

"그런 소리 할 거면 내놔."

"미안미안, 농담이야."

나를 보고 도고는 마음이 놓이는지 피식 웃었다.

"아 진짜! 얼른 들어가라고."

"알았어."

옷을 들고 세면장 입구에 멈춰 서서 도고를 불렀다.

"응?"

"고마워."

"뭐야, 허걱, 너한테 그런 소리 들으니까 닭살 돋는다!"

도고는 "왜케 근질근질하냐~."라면서 팔을 문지르며 부엌으로 들어갔다.

가즈 아저씨네 욕실은 우리 집 욕실보다 크긴 하지만 너무 오래돼서 편리한지 불편한지 가늠이 안 됐다. 일단은 샤워기가 없다. 옷 벗기 전에 사용법을 확인해 둘 걸, 하고 후회했지만 둘 다 목욕 차례를 기다릴 걸 생각하자 다시 옷을 입고 물어보러 나가기가 망설여졌다.

김이 자욱한 욕실 안을 둘러보니 손잡이 달린 바가지가 있었다. 거기에 따뜻한 수돗물을 받아 몸에 끼얹었다.

욕조라기보다는 목욕통이라고 하는 편이 더 잘 어울리는 그 안에 손을 넣어 보고는 펄쩍 뛰었다. 너무 뜨거웠다. 들어가기를 망설이고 있는데 탈의실에서 가즈 아저씨가 불렀다.

"히요리."

첨벙!

놀라 뛰어들 듯이 욕조 안으로 들어갔다가 "앗 뜨거!"라고 소리치자 젖빛 미닫이문 유리창 너머에서 목소리가 울렸다.

"미안미안."

"왜요!?"

"아 그게, 도고가 말이지, 욕실을 어떻게 쓰는지 모를 거라고 해서."

"괜찮아요! 됐으니까 나가요. 보지 말라구요!"

"보, 보긴 누가 본다고."

찰깍, 탈의실 문이 닫히는 소리를 듣고 나서 나는 물속으로 뿌그르르 코밑까지 들어갔다. 뜨겁던 물은 일단 들어오자 의외로 금세 적응됐다.

추위로 감각이 없었던 손가락 끝이 저릿저릿하더니 이내 감각이 돌아왔다. 몸의 중심부부터 서서히 따뜻해졌다. 몸에서 힘이 빠지면서 눈꺼풀이 무거워졌다.

이대로라면 기분 좋게 잠들 수 있을 거 같은데…….

눈을 감자 그리움이 와락 올라왔다.

언제였던가, 지금처럼 편안함을 느낀 적이 있었다. 포근하고, 비누 냄새 향긋한 누군가의 무릎을 베고 깜박깜박 졸고 있었다. 전철 안이었던 거 같다. 덜커덩덜컹, 기분 좋은 규칙적인 진동에 스스르 잠이 들고 말았다.

누구 무릎이었을까.

"미안해."

머리 위에서 들려온 작은 소리와 뺨을 어루만지는 가느다란 손가락…….

번쩍 눈을 떴다.

"엄마."

그 목소리는, 그 손가락은, 그 무릎은 엄마의 것이었다.

눈시울이 뜨거워졌다. 차오르는 눈물을 억누르지 못하고 주르륵 주르륵 눈물을 흘렸다.

눈을 떠

아이코·신야

발밑에서 삐걱삐걱 소리가 난다.

인기척 없는 복도. 여기는 어디일까.

맞아, 어린이집이야. 히요리가 다니던 어린이집.

아, 이건 꿈이다.

꿈이란 걸 알면서도 나는 불 켜진 교실을 들여다본다.

교실에는 다섯 살쯤 되는 아이 둘이서 앞치마를 두른 아주머니와 그림을 그리고 있다. 앞치마 아주머니는 저녁 늦은 시간에만 와서 거들어 주는 동네 사람이다.

"어서 오세요. 선생님, 히요리 어머니 오셨어요."

앞치마 아주머니는 부드럽게 웃는 얼굴로, 어린이집 마당을 향해 소리친다.

테라스에서 선생님이 얼굴을 내민다.

"어머니, 잠깐 기다리세요."

그러고는 마당을 향해 "히요리~." 하고 부른다.

밖은 이미 어두운데 히요리는 뭘 하고 있는 걸까. 나의 그런 생각을 눈치챘는지 선생님이 쓴웃음을 짓는다.

"안에서 놀자고 했는데……."

그때 볼이 빨개진 히요리가 교실로 뛰어 들어온다.

"엄마!"

큰 소리로 부르며 뛰어오는 히요리를 나도 모르게 노려본다. 순간, 히요리가 움찔 놀라는 것을 알아차린다. 그런데도 히요리는 생긋 웃으며 원복 주머니 속을 보여 준다.

도토리가 한가득 들어 있다.

"모모는 엄마한테 하나밖에 안 줬어."

히요리는 의기양양하게 말하고 눈을 반짝반짝 빛내며 나를 올려다본다. 나는 얼굴이 굳어지는 것을 느낀다.

"선생님이 안에 들어가라고 하셨지?"

"그치만."

"엄만, 말 안 듣는 애는 진짜 싫어."

그렇게 말하고 주머니 속에 든 도토리를 집어 마당에 던져 버린다.

후드드득, 흙 위를 튕겨 나가는 도토리 소리가 희미하게 들린다.

"어머니, 어머니, 괜찮아요. 히요리, 열심히 주웠지, 그치?"

선생님은 어찌해야 좋을지 모르겠다는 얼굴로 히요리를 감싸며 바닥에 떨어진 도토리 하나를 주워 히요리 손에 쥐여 준다.

히요리는 그걸 마당에 힘껏 던진다.

"아이코."

머리도 몸도 눈꺼풀도 무겁다. 무거워서 견딜 수가 없다. 눈을 감자 누군가가 나를 부른다. 일어나야지, 눈을 떠야지 생각하지만 움직여지지 않는다.

"아이코."

그 목소리에 살짝 눈을 뜬다.

"아이코."

또 부른다.

작게 숨을 쉬고 천천히 눈을 두 번 깜빡깜빡하자, 희미하게 신야와 유즈키의 얼굴이 보인다.

둘 다 얼굴이 왜 저 모양이지?

몽롱한 머리로 생각하면서 다시금 눈을 감는다.

"아이코, 아이코."

"엄마~."

고코 목소리다. 아, 무슨 상황인지 모르고 떼쓰며 울고 있다.

"아이코."

신야가 부른다.

지금 몇 시지. 일어나야겠다는 생각과 달리 눈을 뜨고 싶지는 않다.

내가 어떻게 된 거지? 하얀 천장과 작은 불빛이 보인다.

여기는 어디지? 병원? 내가 왜 여기에, 아, 히요리, 히요리는?

"히요리."

갈라진, 속삭이는 듯한 목소리가 입에서 새어 나온다.

"걱정하지 마. 히요리 찾았어."

신야의 대답에 나는 힘없이 멍한 눈동자를 움직였다.

"히요리."

"여기 없어. 가즈 집에 있어."

"히요리, 히요리……."

"엄마."

침대 위로 올라가려는 고코를 유즈키 언니가 안았다.

"제부, 고코는 내가 데리고 갈 테니까, 아이코 좀 잘 챙겨 줘요."

"죄송합니다."

언니는, 괜찮아요, 라고 말하고 울부짖는 고코를 안고 병실을 나갔다.

"히요리……."

몸을 일으키려고 했다.

"히요리는 어디에."

"아이코, 그러니까 히요리는."

"그 애가……, 가야 해……, 가야 해!"

"아이코!"

나를 말리면서 호출 벨을 누르자 곧장 간호사가 들어왔다.

"걱정하지 마세요. 아이코 씨, 심호흡해 볼까요."

간호사는 그렇게 말하고는 점적 주사에 액체를 넣었다.

"진정제를 썼으니까 금방 안정되실 거예요."

"고맙습니다."

신야는 작게 고개를 숙였다.

밖에서 구급차 사이렌 소리가 들려온다. 오늘은 몹시 많군, 참 여긴 병원이었지, 라고 씁쓸히 웃었다.

아이코의 창백한 뺨을 살짝 어루만졌다.

왜 이렇게 돼 버린 건가.

무엇이, 어디에서, 어떻게 잘못됐는지 알 수가 없었다. 그러나 단지 지키고 싶었을 뿐이다. 아이코를, 히요리를, 고코를, 내 가족을.

"그간 뭘 했던 거야."

얼굴을 들자 유리창에 내 얼굴이 비쳤다. 나도 모르게 입술을 깨물었다.

지키고 싶다……, 편리한 말이란 건 안다. 나 자신이 가장 잘 알고 있다. 나는 단지 도망쳤을 뿐이다.

두려웠다. 무슨 말을 하면, 뭔가를 하면, 전부 사실이 돼 버릴 것 같았다. 그래서 현실을 직시할 수 없었던 것이다. 그래서 금이 간 걸 알면서도 눈을 돌리고 모른 척 살아온 것이다.

딱 한 번, 히요리가 갓난아기일 때, 아이코에게 물어본 적이 있다.

히요리를 바라보는 아이코의 시선은 어느 모로 봐도 자신의 아이를 사랑하는 엄마의 눈빛이 아니었다. 무엇이, 어떻게 다르냐고 묻는다면 제대로 설명할 순 없다. 하지만 달랐다.

차마 그 말을 꺼내지 못하고 "지친 거 아냐?"라고 묻고, 전문가에게 상담할 것을 권했다.

육아 잡지인지 어디선지 육아 스트레스와 산후 우울증에 대한 기사를 읽은 적이 있는데, 거기에 전문가에게 상담하라고 나와 있었기 때문이다.

내 물음에 아이코는 고개를 내저었다.

"히요리를 보면, 스즈네 생각이 나."

"스즈네?"

"내 여동생."

"아, 응."

아이코가 초등학교 3학년 때, 동생이 강에서 사고로 죽었다는 이야기는 결혼 전에 장인에게서 들었다.

"스즈네는 일곱 살 때 강에 빠져 죽었어."

"사고였잖아."

내 말에 아이코는 놀라는 얼굴이었다.

"알고 있었어?"

"장인어른한테 들었어."

아이코는 한숨을 쉬었다.

"내가, 죽인 거야."

"……."

아니다. 그건 사고였고, 아이코는 당시 초등학교 3학년이었다. 의 좋은 자매였다고, 장인에게서 들었다.

하지만 아이코의 말에 나는 무의식적으로 숨을 죽였다. 무슨 말이라도 해야지 싶은데도 이상하게 입이 마르고, 곧바로 말이 나오지 않았다.

"그 애 손을 잡고 있었더라면, 내가 잘 돌봤더라면 사고를 당하지 않았을 거야."

아이코는 눈물을 흘렸다.

"히요리가, 닮았어, 스즈네를."

히요리를 보면 저도 모르게 생각이 난다며, 그것이 고통스럽다며 아이코는 울었다.

그때 나는 무슨 말을 했던가.

"히요리는 히요리야."

그 말밖에 못 했던 것 같다.

"걱정하지 마."

아이코는 거듭 걱정하지 말라고 했다. 나는 그 말을 덥석 믿어 버렸다.

그 후로도 아이코는 히요리에게 거리를 두었다. 아직도 스즈네의 일을 지울 수 없는 거다. 그것을 책망하는 건 잔인하다.

그렇게 자신을 타일렀다. 그러나 마음속 깊은 곳 어딘가에서는 이건 아닌데 싶은 불안이 일었다.

아이코가 히요리를 대하는 표정은 죽은 동생 때문에 괴로워하는 얼굴이 아니었다. 혐오. 그렇다, 혐오하는 표정이었다.

"히요리가, 닮았어, 스즈네를."

그것이 진짜 이유일까? 정말로 그렇게 생각하는 것일까?

아이코는 정 많고, 상냥하고, 고지식하고, 섬세하다. 그 점은 학창 시절부터 아이코를 보아 온 내가 가장 잘 알고 있다.

그래서 더 말할 수 없었다.

말하면 아이코가 괴로워할 거라고 생각했다. 아이코를 괴롭히고 싶지 않았다. 고코가 태어난 뒤로는 특히 더 그랬다.

고코가 태어나자 아이코는 회사를 그만뒀다. 줄곧 육아와 회사 일을 병행해 왔고, 회사에서 새 프로젝트의 팀장을 맡은 적도 있다. 그만큼 일하는 것을 좋아했다. 하지만 아이코는 놀라우리만치 미련 없이 직장을 그만뒀다.

2.51킬로그램의 미숙아에 가까웠던 고코는 황달에 걸리는가 하면, 함몰관절탈구와 결막염으로 태어난 지 얼마 되지 않았을 때부터 병원을 드나들었다. 3개월 무렵부터는 열도 자주 났다.

그래서 아이코가 직장에 복귀한 뒤의 일을 생각하면 솔직히 불안했다.

"나, 회사 그만둬도 돼?"

아이코의 말을 듣고는 안도했다.

그 문제에 부담을 느꼈던 거다. 부담감으로 피했던 거다. 가족의 평화를 지키겠다는 생각으로.

아니다, 라며 머리를 흔들었다.

그렇게 생각하고 싶었을 뿐이다. 그래야 마음 편했을 테니까.

아이코의 볼을 살짝 쓰다듬었다. 더는 피하면 안 된다. 언제까지 눈을 돌리고 살 순 없다.

아이코는 왜 딸을, 히요리를 사랑하지 못할까.

어느새 커튼에서 하얀빛이 쏟아지고 있었다. 복도를 오가는 간호사의 발소리가 밤보다 조금 많아졌고 소리도 커졌다.

초록색 빛이 깜빡거리는 것을 보고 휴대 전화를 열었다.

05:12라는 숫자가 떠 있다. 문자 수신함에 두 건의 메시지가 들어와 있다.

한 건은 가즈에게서, 또 한 건은 처형에게서였다.

가즈는 일단 도고의 휴대 전화로 보낸다는 걸 알리고, 히요리는 안정을 찾았다는 것과 아이코의 용태를 걱정하는 내용이었다. 처형에게서는 고코가 울다 지쳐서 잠들었다는 짤막한 내용이었다.

두 건에 각각 고맙다는 답장을 보내고 일어섰을 때, 아이코가 불렀다.

"신야."

"좀 어때?"

"응."

아이코는 천천히 눈을 감았다 뜨면서 후우 하고 입으로 숨을 쉬었다.

"미안해."

아냐, 하고 고개를 저으며 침대 옆 파이프 의자에 앉았다.

"아이코, 더는 도망치거나 속이지 않기로 해."

"……."

"나도 도망치지 않을게."

"무슨 소리……."

나는 말없이 아이코의 손을 잡았다.

"나, 나는."

"나는, 당신도 히요리도 잃고 싶지 않아."

가족의 형태

히요리·신야
아이코·유즈키

"아주 죽을상이네."

가즈의 말에 나는 "그렇지 뭐." 하고 나직이 중얼거렸다. 부엌에 있던 도고가 얼굴을 내밀고 고개를 까딱 숙였다.

"히요리는?"

"교실에 있어."

"가 봐도 될까."

교실 쪽으로 눈을 돌리자 가즈는 고개를 한 번 끄떡했다.

"아이코하고는 얘기 좀 해 봤고?"

"응."

"그래서?… 아, 미안하다."

가즈는 턱을 문질렀다.

"남이 참견할 일이 아니지."

"아니 괜찮아. 너한테는 신세도 졌고, 걱정도 끼쳤는데 뭘. 그래도 히요리하고 먼저 얘기해야겠다."

"그럼 그럼. 음, 당연하지."

"고맙다."

그렇게 말하고 안쪽 교실로 가려는데, 도고가 내 팔을 덥석 잡았다.

"왜, 왜?"

당황해서 묻자 도고는 나를 뚫어져라 쳐다봤다.

"걔, 확실하게 받아들이시는 거죠?"

나는 얕게 숨을 내쉬었다.

"……그럼, 나는 히요리 부모니까."

"부모니까 뭐요."

"헛?"

도고가 턱을 쓱 치켜들었다. 팔을 잡은 손에 힘이 들어갔다.

"도고."

가즈키가 말렸다.

"부모니까 뭐냐고 묻잖아요."

"그러니까 그게."

"부모라서 상처 주는 일도 있는 거라구요."

"……."

"남이라면 상관없는 것도 부모라서 상처받기도 한다구요."

도고는 잡고 있던 팔을 홱 놓고 방을 나갔다.

"뭐, 저 녀석 말도 일리 있는 것 같은데."

그렇게 말하고 가즈는 내 어깨를 툭 쳤다.

"히요리."

조용히 문이 열렸다.

"아빠."

"히요리, 엄마는 다리만 골절됐고 다른 덴 괜찮아."

"……다행이네."

"응."

스윽 창밖으로 얼굴을 돌렸다.

"한 일주일은 입원해야 하는데, 같이 병문안 가지 않겠니?"

"안 가."

즉각 대답하는 나를 보며 아빠는 숨을 크게 쉬었다.

"그래도……, 아니다. 그래, 알았다."

흘끗 아빠를 보았다.

"아빠."

"왜?"

"나, 유즈키 이모네로 가고 싶어."

"왜!"

아빠는 그만 큰소리를 내고는 "미안하다." 하고 눈길을 떨어뜨렸다.

"하지만."

"유즈키 이모네로 가고 싶어."

"어제……, 엄마가 널 찾더라. 엄마는."

어깨가 움찔거렸다.

엄마가 나를 찾았다니 믿을 수 없다. 엄마는 나를 좋아할 수가 없다. 기다려도 기다려도, 백 년을 기다린다 해도 그때는 오지 않는다.

"그래서?"

스스로도 놀랄 정도로 나직한 목소리였다.

"아빠, 난 엄마하고는 살 수 없어."

나는 엄마를 버렸다. 도망치는 게 아니라 버리기로 했다. 머리핀을 버렸듯이.

지금까지 줄곧 사랑받기를, 귀염받기를 원했다. 나를 바라보며 다정히 웃어 주기를 바랐다. 내 이름을 부르는 부드러운 목소리에 감싸이고 싶어서 무진 애를 썼다.

하지만 아무리 바라도, 원해도, 몸부림쳐도 손에 넣을 수 없는 것도 있다.

그렇다면 내가 먼저 그걸 끊어 버릴 것이다.

"히요리, 엄마는."

"듣기 싫다고! 엄마 얘기는 들어 봐야 소용없어! 더는 함께 지낼 수 없단 말야!"

일어나서 아빠를 보았다.

"왜 이제야 그런 말을 해? 말해서 어쩌게? 아빠는 비겁해. 내 말을 하나라도 들어 줬어야지."

"……."

"유즈키 이모네로 가고 싶어."

"다녀왔습니다."

카랑카라랑 소리와 함께 들어가자 안에서 소리가 났다.

"어서 와~."

가게 안에서 유즈키 이모가 책상을 마주하고 고민스러운 얼굴을 하고 있다.

"이모, 왜 그래요?"

"응? 딱 이거다 싶은 디자인이 없어서. 아, 밥해야겠네."

시계를 보고 일어나려는 이모에게 말했다.

"저기, 제가 요리해도 돼요?"

"어?"

"채소볶음밖에 못 하지만……."

"와우, 좋지 채소볶음! 히요리, 요리할 수 있니?"

"학교에서 배웠어요."

"훌륭해 훌륭해. 채소볶음을 할 수 있으면 금세 다른 요리도 할 수 있지."

"정말요?"

"정말."

이모가 고개를 끄덕이니 저절로 얼굴에 웃음꽃이 피었다.

"넌 요리에 관심 없는 줄 알았지."

"관심 있어요. 이것저것 만들어 보고 싶어요."

"그럼, 다음부터 함께 만들까?"

"그래도 돼요?"

"당연하지."

나는 "와아!" 하고 이모를 끌어안았다.

"오늘은 네가 해 봐, 채소볶음. 나는 일 좀 더 할 테니까."

"네, 알았어요! 옷 갈아입고 올게요."

나는 크게 고개를 끄덕이고는 2층으로 뛰어 올라갔다. 뒤에서 유즈키 이모가 후우, 숨을 내쉬는 소리가 들렸다.

아이코가 사고로 입원하고 사흘 뒤, 신야가 가게로 찾아왔다. 텁수룩한 수염에 다림질하지 않은 와이셔츠를 입은 그 모습이 초췌

해 보였다. "고코는요?" 하고 묻자 유치원 친구 집에 맡기고 왔노라고 했다.

홍차를 내오자 신야는 한동안 잠자코 찻잔을 바라보더니 별안간 눈물을 뚝뚝 떨구었다.

덩치 큰 사내가 우는 모습을 눈앞에서 보는 건 처음이었다. 눈을 어디에 둬야 할지 몰라 난감해하는데, 신야는 "죄송합니다."라고 말하고 식은 홍차를 단숨에 마셔 버렸다.

"잠시 히요리를 좀 데리고 있어 주십쇼."

신야가 머리를 숙였다.

솔직히 놀랐다.

아이코와 히요리 사이가 좋지 않다는 것은 이전부터 알고 있었다. 아이코도 몇 번 의논해 왔고, 히요리가 찾아와 물어본 적도 있었다.

하지만 아이코도 히요리도 속으로는 서로를 원하고 있다고 생각했다. 그렇지 않다면 히요리를 예뻐할 수 없다며 울 리가 없다. 히요리가 그렇게 기쁜 얼굴로 아이코를 위해 머리핀을 고를 리가 없다. 둘은 엄마와 딸 사이이다.

그렇게 말하는 나에게 신야는 거듭 고개를 끄덕이고는 쥐어짜듯이 말했다.

"그래서 아이코도 히요리도 내내 괴로웠던 겁니다. 한 달만 시간을 주십쇼."

신야는 번쩍 얼굴을 들고 말했다.

"가족을 잃고 싶지 않습니다."

히요리를 데리고 있기로 한 것은 히요리가 여기에 오기 원한다고 들었기 때문이다.

엄마가 딸을 사랑하지 못한다는 것.

그것을 이해할 수는 없다. 하지만 가족이 가족이란 이유만으로 무조건 서로를 사랑하고, 서로 이해하라고 강요하는 건 잘못됐다고 생각한다. 가족이란, 부모와 자식 사이란 이래야 한다는 신념이 가족을 속박하고 괴롭히는 일도 있지 않을까.

여기에 와서 며칠 동안, 히요리는 2층에서 멍하니 지냈다. 말을 건네면 대꾸는 했고, 때로 살짝 웃어 보이기까지 했지만 어딘지 살아 있는 사람 같지가 않았다.

무리하게 끌어내서는 안 된다, 조급하게 굴어선 안 된다고 생각했지만 그대로 둘 수도 없다고 생각했다.

방에만 틀어박혀 있던 히요리가 처음으로 집 밖으로 나간 것은 1월 3일 오후였다.

이치하라 도고라는 소년이 히요리를 찾아왔다. 히요리의 얼굴에 얼핏 전에 본 적이 없는 안심의 빛이 어렸지만, 이내 그 표정을 지우고 히요리는 "무슨 일?" 하고 언짢은 투로 소년을 대했다. 도고는 아랑곳하지 않고 "좋아 보인다."라고 말을 건넸다. 그리고 히요리는 도고와 함께 밖에 나갔다가 30분쯤 후에 돌아왔다.

둘이서 무슨 이야기를 나눴는지 히요리도 말해 주지 않았고 묻지도 않았지만, 중학생 여자아이의 얼굴을 하고 있는 히요리를 보고 그제야 마음이 놓였다.

그 이튿날, 가게를 닫고 2층으로 올라가자 거실 정면에 드리워진 커튼이 눈에 들어왔다. 올이 풀려 있던 커튼 자락이 깔끔하게 손질돼 있었다.

"이거, 히요리가 손 본 거니?"

히요리가 그렇다고 고개를 끄덕였다.

"대단한걸! 고맙다."

내가 엉겁결에 소리치자 히요리는 어리둥절한 표정이었다. 그러고는 쑥스럽게 웃으며 작은 소리로 덧붙였다.

"단추도 잘 다는데."

"그럼, 달랑달랑한 단추 있으면 부탁해도 돼?"

히요리는 말없이 환하게 웃었다.

그때, 이 아이는 괜찮다고 확신했다. 히요리는 잘 살아가려 하고 있다. 있을 곳을 찾고, 거기서 자신이 필요한 존재가 되기를 바라고 있다. 포기한 것이 아니다.

이튿날부터 2층 청소는 히요리에게 맡기기로 했다. 빨래도 시켰더니 해 본 적이 없다고 했다. 그럼, 가르쳐 줄 테니 배우라고 이르고는, 세탁물을 분류하는 거며 세제 종류며 세탁기 조작법, 그리고 널고 걷어서 개는 법까지 가르쳤다.

처음 이틀은 같이 했지만 사흘째부터는 히요리 혼자 야무지게 해냈다.

히요리의 표정은 나날이 부드러워졌다. 겨울방학이 끝나고 개학한 후에도 자연스럽게 청소와 빨래를 했다.

이러한 생활이 확실하게 히요리와 나의 일상이 돼 가는 것을 느꼈다.

2층에서 달달하고 구수한 밥 익는 냄새와 된장국을 끓이는지 맛국물 냄새, 그리고 고소한 채소볶음 냄새가 풍겨왔다.

"오늘 밤, 찾아봬도 되겠습니까?
히요리와 앞으로의 일에 관해 이야기해 볼까 합니다."

신야에게서 그렇게 전화가 온 것은 3주 하고도 며칠이 지난 어느 날 오후였다.

"밤에 아빠 오신대."

학교에서 돌아오자 유즈키 이모가 말했다. 너무나 아무렇지 않게 말해서 나는 어떻게 반응해야 할지 당황스러웠다.

사실은 아빠를 만나고 싶지 않다. 만나는 게 무섭다.

집으로 들어오라고 하고, 이모도 그러는 게 좋겠다고 거들면 어쩌지. 새삼 생각해 보니, 좋지 않은 일만 머릿속에 떠올랐다. 엄마가 있는 그 집에 내가 있을 곳은 없다. 아무리 생각해 보고, 억지를 부려 봐도, 절대로 안 되는 일이 있다.

그날, 가즈 아저씨 집에서 목욕할 때 불현듯 떠올랐다.

어릴 때, 전철 안에서 잠든 내 뺨을 쓰다듬으며 엄마는 울고 있었다. 울먹이며 떨리는 목소리로 "미안해."라고 말하고는 가느다란 손가락으로 내 뺨을 어루만졌다

괴로웠던 거다. 엄마도.

엄마는 딸을 사랑하지도, 버리지도 못했다.

하지만 나는 다르다.

그날, 나는 엄마를 버리기로 했다.

8시 조금 전에 카랑카라랑, 가게 문 열리는 소리가 났다.

"히요리, 아빠 오셨다."

아래층에서 이모의 목소리가 들리고 이어서 계단을 올라오는 발소리가 났다.

나는 몸이 딱딱하게 굳어서는 문 쪽을 보고 있었다.

똑똑 노크 소리와 동시에 문이 열리고 아빠가 거실로 들어왔다. 아빠는 내 얼굴을 보자 미소 지었다.

"좋아 보이는데."

"아빠도."

나는 표정을 누그러뜨리지 않은 채 그렇게 대꾸하고 자그마한 2인용 식탁에 앉았다.

"할 얘기가 뭔데?"

"응."

아빠와 나는 마주 보고 앉았다.

"히요리."

"나는 집에 안 가."

짧게 한마디하고 얼굴을 들자, 아빠는 "응응" 하고 고개를 끄덕이면서 천천히 숨을 내쉬었다.

"어?"

나도 모르게 소리를 내자 아빠가 피식 웃어 보였다.

"아빠가 억지로 데리고 갈 줄 알았던 거야?"

나는 고개를 끄덕였다.

"엄마는 네가 돌아오길 바라고 있어."

"……."

쓱 시선을 피하자 아빠는 나를 물끄러미 바라보았다.

"엄마도, 아빠도 네가 돌아오길 바라지. 하지만."

살짝 눈을 들었다.

"히요리, 집을 나와서 아빠랑 둘이 살지 않겠니?"

"……엄마랑, 이혼하겠다고?"

"그런 게 아니야."

무슨 말인지 모르겠다.

"그럼?"

아빠는 천천히 고개를 끄덕이고 입을 열었다.

"엄마랑 차분하게 얘기해 봤다. 너도 엄마도 고코도 아빠도, 우리가 모두 행복해지기 위해서 어떻게 하면 좋을까 생각했지."

히요리가 집을 나간 뒤로 아이코와 수없이 이야기를 나눴다.

아이코는 히요리를 사랑하고 싶은 마음과 다르게 도무지 사랑할 수 없었다고 했다. 더구나 그 이유를 아이코 자신도 몰랐다. 모르기에 더욱더 괴롭다고 했다.

그래서 아이코는 사랑할 수 없는 이유를 찾아냈다. 이유가 있으니 어쩔 수 없다고 자신을 용서할 수 있으니까. 엄마로서, 인간으로서 자신을 책망하지 않아도 되니까.

죽은 스즈네의 모습을 히요리에게 겹치게 함으로써 구제받으려 했다면서 아이코는 울었다.

"처음 히요리를 품에 안았을 때부터 사랑스러운 마음이 들지 않았어. 그럴 리 없다고 수없이 생각했지만 그 애를 안을 때마다 괴로웠어. 엄마, 하고 부르면서 바짝 다가왔을 때는 소름이 끼쳤어."

아이코는 그렇게 말했다.

"말도 안 되지? 그래, 말도 안 돼."

아이코는 터럭만큼도 구제받지 못했다.

억지 이유를 갖다 붙였지만 결국은 구제받지 못한 것이다.

"엄마라면 누구나 할 수 있는 일을 나는 왜 못 하는 거지? 모성애가 부족해서? 그렇다면 고코는 왜 이렇게 사랑스러운 거지?"

무섭다, 고 말하며 눈물을 흘리는 아이코의 손이 떨렸다.

떨고 있는 손을 잡아 주자 아이코가 말했다.

"히요리를, 좋아하고 싶어."

좀 더, 좀 더 일찍 알았어야 했다. 아이코와 이야기했어야 했다. 그 모든 걸 받아들이고 함께 직면했어야 했다.

후회해 봐야 달라지지 않는다는 것은 알고 있다. 아니다, 그래서 이제 더는 후회하고 싶지 않은 것이다.

끊임없이 대화하고, 아이코와 함께 병원을 찾아 상담도 받기 시작했다. 쉬 해결되지는 않을 거다. 금세 바뀌지도 않을 것이다. 회피하고 싶은 일도, 반드시 직면해야 할 일도 생길지 모른다. 그래도 회피하지 않고 둘이서 직면해 나가자고 다짐했다. 그리고 지금 당장 무엇이 중요한지, 뭘 지키고 싶은지, 뭘 잃고 싶지 않은지, 수없이 이야기를 나누며 생각했다.

그렇게 해서 나온 답이다.

"히요리, 아빠는 이제껏 가족은 함께 살아야 한다고 생각해 왔다."

"……."

"같이 있으니까 가족이고, 별의별 일이 있더라도 함께 살기만 하면 가족이라고 생각했어."

"응."

"그런데, 지금은 꼭 그렇지 않을 수도 있다는 생각이야."

아빠는 양복 안주머니에 손을 넣어 투명한 작은 병을 꺼냈다. 내 손안에 쏙 들어올 정도로 작은 병이다. 코르크 마개로 닫혀 있다.

"이거."

탁자 위에 올려놓은 작은 병을 보고 나는 어리둥절해서는 아빠를 보았다.

병 안에는 세로로 금이 간, 표면이 좀 칙칙해진 도토리가 하나 들어 있었다.

"도토리."

"네가 주워 준 거라던데."

"내가?"

아빠의 얼굴을 한 번 보고 다시금 병 속의 도토리를 보았다.

"엄마가 지금껏 갖고 있었던 거야. 전에 물어봤을 때는 아무 말도 안 해 주더니 얼마 전에 말해 주더라. 네가 어린이집에 다닐 때 준 도토리라고."

"말도 안 돼……."

기억하고 있다. 지금도 선명하게 기억하고 있다.

어린이집에 다닐 때, 같은 6세반이었던 모모가 어린이집 마당에서 주운 도토리를 데리러 온 엄마에게 줬다. 모모 엄마는 기쁜 얼굴로 도토리를 손바닥에 올려놓고 바라보더니 그걸 소중하게 손수건에 쌌다. 손잡고 즐겁게 돌아가는 모모와 그 엄마를 본 나는 해가 뉘엿뉘엿 지는 어린이집 마당에서 도토리를 주웠다. "그만 안으로 들어오렴." 하고 선생님이 말해도 듣지 않았다. 선생님의 목소리가 점점 커졌지만 야단맞는 것도 전혀 무섭지 않았다. 그보다 도토리를 줍는 게 더 중요했다.

엄마에게 선물하고 싶었다. 엄마가 기뻐하는 걸 보고 싶었다.

엄마가 왔을 때는 주머니 속에 도토리가 가득했다.

"히요리~."

선생님이 부르는 소리에 돌아보니 엄마가 서 있었다.

"엄마!"

뛰어가자 엄마가 홱 노려봤다. 가슴이 덜컥했지만 도토리가 있으니 웃어 줄 거라 믿었다.

모모네 엄마는 도토리 하나에도 웃어 줬으니까.

"엄마, 도토리."

원복 주머니를 펼쳐 보이자 엄마는 미간을 찡그렸다. 그리고 주머니 속의 도토리를 집어 마당에 던져 버렸다. 토도독 흙 위에 튕기는 도토리 소리. 그 소리까지도 기억하고 있다.

"엄마가 그걸 가지고 있을 리 없어."

"가지고 있었어. 엄마는 네가 준 도토리를 집어 던진 것도 몇 번이나 후회했어. 그런데, 그때는 멈출 수가 없었대."

아빠는 도토리가 들어 있는 작은 병을 살며시 어루만졌다.

"유치원복 주머니에 딱 하나가 남아 있더래. 세탁할 때 발견해서 그걸 내내 갖고 있었대. 엄마는 네가 엄마를 위해서 도토리를 주웠다는 것도 잘 알고 있어."

"그치만, 그래도 엄마는 나 같은 거."

"싫어하지도 미워하지도 않아. 그건 거짓말이 아냐."

나는 아빠의 얼굴을 보았다.

"어릴 때, 엄마 여동생이 강에서 죽었어. 엄만 내내 그게 자기 때문이라고 자책해 왔고. 네가 그 여동생이랑 많이 닮았대. 그래서 너를 보면 괴롭고, 힘들었던 거지. 생각하고 싶지 않은데 자꾸만 생각이 나니까."

나는 단숨에 말했다.

진실은 말할 수 없다. 사랑할 수 없는 이유를 모른다……는 말, 그 말만은 하지 않기로 마음먹었다.

또 거짓말을 하는 거야? 도망치는 거야? 라고 묻는다면 인정할 수밖에 없다. 이러는 게 옳은지 그른지도 모른다. 나 편해지자고 이러는 것일 수도 있다.

하지만 잘못하고 있다 하더라도 상관없다. 그 죄는 나와 아이코가 안고 살아갈 것이다.

"히요리 넌 아무 잘못이 없다. 아빤 알고 있어. 엄마도 알고 있고. 하지만……."

"엄마 때문에 동생이 죽은 거래?"

나는 고개를 저었다.

"사고였어. 근데 돌이킬 수 없는 일일수록 나중에야 이랬더라면, 저랬더라면, 후회하고 옆에 있었던 자신을 책망하게 되거든."

히요리가 고개를 끄덕였다.

"히요리라고 이름을 지은 건 엄마야."

"엄마가?"

"네가 배 속에 있을 때부터 여자아이가 태어나면 히요리日和라고 짓겠다고 했어. 미래가 평온하고 화창하길 바라는 마음에서."

거짓말이 아니다.

커다란 배를 보며 행복하게 미소 짓는 아이코를 지금도 똑똑히 기억한다. 아이코는 태어날 아이를 사랑했었다.

"……."

"한 번 더, 한 번만 더 기회를 주지 않겠니? 우리 가족은 다시 시작할 수 있어, 아니 다시 시작하지 않으면 안 돼."

"……."

"사실, 아빠가 더 일찍 손을 써야 했는데, 미안하다."

"……."

"하지만 더는 도망치지 않을 거야."

"아빠."

"헤어지기 위해서 떨어져 살자는 게 아냐. 이건 필요한 과정이야. 다시 한번 진짜 가족이 되기 위해서."

길모퉁이 너머에

히요리

현관문을 열자 부드러운 바람이 살갗을 어루만졌다.

꺄아꺄아 떠들썩한 소리에 난간 아래를 보니 고코와 엄마가 서 있다. 고코는 떨어져 내리는 벚꽃 잎을 잡으려고 손을 펼치고 빙글빙글 돌고 있다.

"언니!"

위를 올려다보고 있던 고코가 나를 발견했다.

나는 호호호 미소 짓고는 계단을 뛰어 내려갔다. 가슴께까지 기른 머리칼이 바람에 흔들렸다.

"히요리, 축하한다."

엄마가 내 교복을 쓰다듬었다.

"잘 어울리네."

"고마워, 엄마."

탁탁탁, 계단에서 아빠가 내려왔다.

“넥타이 색깔 괜찮나 모르겠네. 히요리가 골라 준 건데, 좀 화려하지 않아?”

“좋은데. 입학식이니까 좀 화려한 게 좋지.”

“그치?”

엄마가 나에게 미소 짓고는, 아빠의 어깨에 떨어진 꽃잎을 떼어냈다. 고코가 엄마의 손을 놓고 바람에 흩날리는 꽃잎을 받으려고 치맛자락을 들어 올린다.

“팬티 보인다.”

나는 소리없이 웃었다.

2년 전부터 나는 아빠와 둘이서 다세대 주택에 살고 있다.

엄마와 따로 살게 된 후로, 고코는 한 달에 몇 번씩 놀러 왔다. 버릇이 좀 없긴 하지만 천진난만한 아이이다. 공원에 가면 그네를 밀어 달라고 조르고, 밀어 주면 꺄아꺄아 소리치며 좋아하고, 돌아오는 길에는 “언니, 언니.” 하고 부르면서 손을 잡는다. 함께 그림을 그릴 때면 내가 그린 그림을 보고 눈이 동그래져서 “고코도 그려 줘.”라고 조르는가 하면, 길가의 민들레를 꺾어 하나를 나에게 쥐여 주기도 한다.

어리광을 부리고, 때로는 토라지기도 하지만 그런 고코가, 동생이 귀여웠다.

함께 살 때 고코는 동생이 아닌 엄마의 보물이자 공주님이었다. 그래서 나도 모르게 늘 동생에게 신경이 쓰였고, 동생의 눈치를 봤다.

왜 고코만 사랑받나 싶어 질투하고, 부러워하고, 미워했다.

그날, 엄마 생일 선물을 멋대로 뜯어 본 고코를 봤을 때, 그간 참아 왔던 감정이 폭발한 것이다.

"언니, 빨리빨리."

그렇게 재촉하며 손을 잡는 고코의 뺨을 보자 안심이 됐다.

예쁘고 포동포동한 뺨에 흉터는 없다. 일부러 한 건 아니지만, 동생 뺨에 흉터가 남았다면 지금 이렇게 손잡고 걸을 수 있었을까.

엄마를 보았다.

아빠와 함께 온화하게 웃는 얼굴로 이야기를 나누며 뒤에서 걸어온다.

살그머니 치마 주머니에 손을 넣었다. 주머니에는 그날 버렸던 나비 머리핀이 들어 있다. 내가 우체통 위에 버리고 온 걸 유즈키 이모가 발견한 것이다.

"인연이 깊은 거야."

내가 이모 집을 나오는 날, 이모는 그렇게 말하고 내 손에 그 머리핀을 쥐여 줬다. 그걸 나는 지금껏 가지고 있다.

나는 엄마를 버렸다. 그렇다고 생각했다. 하지만 엄마를 미워할 수는 없었다. 지금도 여전히 사랑하고 있다. 사랑받고 싶은 마음도 여전하다. 다만 바라는 형태가 바뀌었다.

나는 행복해질 수 있다.

행복해지자.

행복해질 권리는, 자격은 누구에게나 있을 터다.

어떤 이유가 있든, 어떤 죄를 짊어지고 있든 그것을 놓아 버리거나 포기해서는 안 된다.

행복해지기를 포기하는 것, 그건 죄다.

교문이 보였다. 내가 1차로 지망하여 합격한 공립 고등학교다.

아빠가 교문 옆 '축 입학'이라고 쓰인 세움 간판을 가리켰다.

"저기서 사진 찍자. 다들 얼른 가서 서 봐."

"다 같이? 가족이랑 사진 찍는 애가 어딨어."

내가 투덜대자, 엄마가 "그러게."라며 피식 웃고는 "그래도 찍자."라면서 손을 잡아끌었다.

"빨리빨리."

아빠가 디지털카메라를 흔든다. 간판 앞에 나와 엄마가 나란히 서고 그 앞에 고코가 섰다.

"키가 컸구나."

엄마 말을 듣고 옆을 보니 어깨 위치가 엄마보다 조금 높았다.

“언제, 옷 사러 갈까?”

“어, 아, 응.”

내가 어색하게 웃으며 고개를 끄덕이자, 엄마도 웃었다.

“와아, 기대된다!”

“자자, 여기 봐.”

아빠가 오른손을 들었다.

“찍어 드릴까요?”

뒤에서 넥타이를 느슨하게 맨 새 교복 차림의 남자애가 말을 걸어왔다.

“도고?!”

놀랐는지 아빠가 소리쳤다.

“예.”

대답하며 손을 내미는 도고에게 카메라를 건네주고 아빠는 내 옆으로 달려왔다.

“도고, 네가 왜?”

“붙었으니까요.”

“당연히 그렇겠지만.”

“도고 재, 아빠 집으로 다시 들어가서 좋은 형 노릇 하고 있나 봐.”

내가 앞을 본 채 말했다.

"그래."

"우리 집과는 반대지만, 아마 같을걸."

그렇게 말하고 나는 카메라를 들고 있는 도고를 보았다.

내가 이모 집에 있을 때, 도고가 찾아온 적이 있다.

그때 공원 그네에 앉아 함께 고기 찐빵을 먹었다.

"나, 빨리 어른이 될 거다."

도고는 찐빵을 먹으면서 말했다.

"나도 너도 혼자가 아냐. 괜찮아."

도고의 말이 가슴 속을 부드럽게 어루만져 주었다.

무엇이 변한 것도, 뭐가 해결된 것도 아니었다. 하지만 그때 비로소 마음이 숨을 쉬기 시작했다.

"야, 너랑 나랑 같은 나이거든. 도고, 네가 어른이 되면 나도 어른이라고."

"너 그럴래? 사람이 진지하게 말하는데."

그렇게 말하고 일어나려는 도고의 다운재킷을 붙잡았다.

"고맙다."

도고는 고개를 한 번 끄덕했다.

나는 꼬불꼬불 구부러진 기나긴 어둠의 터널 속에 있었다. 걷다 지쳐 발을 내디딜 수가 없었다. 멈춰 선 채 무서워서 떨고 있었다.

하지만 나는 지금 다시 걷기 시작했다.

길모퉁이 너머에 무엇이 있을지는 모른다. 하지만 얼굴을 들고 한 걸음 한 걸음 내디디고 있다. 손잡고 끌어 주는 사람이 있으니까. 등을 밀어 주는 사람이 있으니까. 함께 걸어 주는 사람이 있다는 걸 알았으니까.

벚꽃 잎이 나풀나풀 춤춘다.

벚나무 아래서 가즈 아저씨와 꼭 닮은 남자와 어린아이를 안은 여자가 카메라를 들고 있는 도고를 다정한 눈빛으로 바라보고 있다.

"찍습니다~."

도고의 목소리와 함께 셔터가 찰칵 내려갔다.

옮긴이의 글

모성 신화가 강요하는 가족의 사랑, 그것이 아니어도 우리는 얼마든지 행복해질 수 있습니다

이 소설은 엄마의 사랑을 받아야 할 소녀가 엄마에게 거부당하는 이야기입니다. 그리고 딸을 사랑하지 못하는 엄마의 이야기이기도 합니다. 딸에게도, 엄마에게도 아프디 아픈 이야기입니다.

사랑하지 않는다고 엄마가 밥을 굶기거나 폭력을 가하거나, 옷이나 필요한 물건을 사 주지 않는 것은 아닙니다. 오히려 필요한 것은 넘치도록 채워 줍니다. 그러한 물리적인 충족의 이면에서 가해지는 정서적인 학대로 히요리는 괴로워합니다. 엄마의 싸늘한 눈빛, 독기 어린 말 한마디, 가까이 다가가려 할 때마다 말없이 온몸으로 밀어내는 거부…….

히요리는 집에서 늘 신경을 곤두세운 채 긴장하고 지낼 수밖에 없습니다. 그런 집이 싫어서 학원 수업이 끝나면 '우아하다'고 오해받을 정도로 아주 느릿느릿 책가방을 챙겨 되도록 집에 가는 시간을 늦춥니다. 수업이 끝나기 무섭게 튀어 올라 집으로 달음질치는 다른 아이들과는 딴판으로 말이지요. 그러면서도 히요리는 엄마에게 귀염받기 위해 무진 애를 쓰면서 마음속으로는 엄마가 자신을 사랑하게 해달라고 기도합니다.

그 슬픈 기도가 응답받지 못하고, 자기가 아무리 노력해도 소용없다는 것을 알게 되자, 히요리는 끝내 엄마를 버리기로 합니다. 한 발 더 내딛기 위해서는 뭔가를 버려야 할 때도 있는 법이지요. 아무리 노력해도, 간절히 바라도 얻을 수 없다는 것을 깨달을 때, 포기가 아니라 과감하게 버리기 위해서는 강한 내면의 힘이 있어야 하지 않을까요. 그러고 보면 히요리는 참 강한 아이입니다.

결국 엄마의 사랑을 받지 못하는 딸, 딸을 사랑할 수 없는 엄마, 아내와 딸의 관계를 알면서도 방관했던 아빠, 엄마의 '공주님'인 둘째 딸, 이 가족은 한 지붕 아래 붙어살면서 견디는 대신 따로 살기로 합니다.

과연 가족이란 무엇이며, 어떠해야 할까요?

'가족이 가족이란 이유만으로 무조건 서로를 사랑하고, 서로 이해하라고 강요하는 건 잘못됐다고 생각한다. 가족이란, 부모와 자식 사이란, 이래야 한다는 신념이 가족을 속박하고 괴롭히는 일도 있지 않을까.'

유즈키 이모의 이 독백처럼 때에 따라서는 가족이라 해서 꼭 같이 사는 것만이 최선이 아닐 수도 있습니다. 서로의 다른 점이 부덫치며 균열을 일으킨다면 때로는 각자의 시간과 거리를 넉넉히 두고 살아가는 것도 좋지 않을까요.

이 이야기가 히요리의 시점에서만 그려졌다면 계모 같은 엄마로부터 정서적 학대를 당하는 아이의 이야기에 머물렀겠다 싶습니다. 하지만 히요리와 더불어 엄마 아이코의 시점도 보여 줌으로써 우리에게 또 하나의 생각거리를 던져 줍니다.

처음 이 책을 휘리릭 읽었을 때는 충격이었습니다. 엄마의 딸로서, 아이를 키우는 엄마로서, 엄마가 아이를 사랑하는 것이 지구가 둥글다는 것만큼이나 당연한 것으로, 저는 의심 없이 믿고 살아왔으니까요.

엄마 아이코는 왜 자신의 딸을 사랑하지 못하는 걸까요. 작가는 그 의문에 안이하게 그럴듯한 이유를 들이대지 않습니다. 가슴 아픈 트라우마가 있다고도 하지 않습니다. 단지, 아이를 사랑할 수 없다고만 합니다. 그 이유 없음으로 인해 누군가는 엄마 아이코에게 분노할지도 모르겠습니다.

우리는 엄마라면 본능적으로 자식을 사랑하고 무조건 헌신하는 것이 당연하다고 믿습니다. 이른바 '모성 신화'입니다. 아이코와 같이 자식에게 애정을 주지 않는 엄마는 나쁜 엄마로 치부해 버리기에 십상이지요. 그렇기에 아이코는 딸을 사랑하지 못하는 고통을 남편에게조차 털어놓지 못합니다. '모성 신화'가 흔들림 없이 통용되는 사회 분위기에서는 무리겠지요. 어쩌면 아이코와 같은 사연을 품은 사람이 우리 주위에도 더러 있지 않을까요?

마지막으로 히요리처럼 절대적이어야 한다고 믿는 행복에서, 또는 평범한 행복에서 밀려났다고 생각하는 사람들에게 히요리의 다짐의 말을 빌려 응원을 보냅니다.

나는 행복해질 수 있다.
행복해지자.
행복해질 권리는, 자격은 누구에게나 있을 터다.
어떤 이유가 있든, 어떤 죄를 짊어지고 있든
그것을 놓아 버리거나 포기해서는 안 된다.
행복해지기를 포기하는 것, 그건 죄다.

우리문고 27
진짜 가족 2020년 3월 16일 처음 펴냄 | 2021년 11월 10일 3쇄 펴냄 | 지은이 이토 미쿠 | 옮긴이 고향옥 | 펴낸이 신명철 | 편집 윤정현 | 영업 박철환 | 관리 이춘보 | 디자인 최희윤 | 펴낸곳 (주)우리교육 | 등록 제 313-2001-52호 | 주소 03993 서울특별시 마포구 월드컵북로 6길 46 | 전화 02-3142-6770 | 전송 02-6488-9615 | 홈페이지 www.urikyoyuk.modoo.at | 인쇄 천일문화사

ISBN 978-89-8040-897-9 43830

이 도서의 국립중앙도서관 출판시도서목록(CIP)은
e-CIP홈페이지(http://www.nl.go.kr/ecip)에서 이용하실 수 있습니다.
(CIP 제어번호:CIP2020008925)